Tutt'e tre

Novelle di

Luigi Pirandello

1924

Sommario

Biografia

Luigi Pirandello è considerato uno dei massimi esponenti della letteratura italiana del Novecento. Nato nel 1867 ad <u>Agrigento</u> in **Sicilia**, è stato insignito del **Premio Nobel per la letteratura** nel 1934. Drammaturgo, romanziere, poeta e scrittore prolifero, si distinse in particolare per *"Il suo coraggio e l'ingegnosa ripresentazione dell'arte drammatica e teatrale"*, come è scritto nella motivazione per la consegna dell'ambito premio. Le sue opere rappresentano soprattutto la società borghese italiana, combinando il pensiero relativistico con uno specifico tipo di umorismo "pirandelliano", indagando il conflitto tra l'**essenza** e l'**apparenza**.

Con **Henrik Ibsen** e **August Strindberg**, Luigi Pirandello ha rivoluzionato il dramma moderno in tutti i suoi aspetti, dalla messa in scena alla forma dello spettacolo. Il suo contributo specifico al teatro moderno è stato il fatto che Pirandello ha imposto alla forma d'arte del teatro, i principi della "decomposizione analitica", quelli che il suo collega **Ibsen** cercava di applicare alla psicologia umana, constatando la presenza di "più persone" in un'unica persona.

Le opere di Pirandello, che sono state criticate all'inizio per essere troppo "**cerebrali**", sono state poi riconosciute per la loro sensibilità e compassione di fondo. I temi principali delle opere sono la necessità e la vanità dell'illusione, e le molteplici apparizioni, tutte irreali, di quella che si presume essere la verità. L'essere umano non è ciò che crede di essere, ma è "uno, nessuno e centomila". Le opere di Pirandello riflettono il verismo di **Capuana** e **Verga** nel narrare di persone di modeste condizioni, ma dalle cui vicissitudini vengono tratte conclusioni di significato umano generale.

Pirandello nacque il 28 giugno 1867 a **Girgenti** (come era chiamata allora Agrigento), figlio di un proprietario di una miniera di zolfo originario di **Genova**, che aveva preso parte alla spedizione garibaldina in Sicilia. Luigi si mostrò sin dall'inizio eccellente negli studi accademici, nonostante in famiglia ci si aspettasse che seguisse gli affari di famiglia.

I

l giovane Pirandello ricevette la prima educazione scolastica nella sua città, e progressivamente maturò in carattere e pensiero letterario. I genitori erano dei convinti "anti-borbonici", ambedue provenienti da famiglie benestanti: il padre **Stefano**, era restato un fervente garibaldino, la madre

Caterina, era figlia di un esponente della rivoluzione siciliana del 1848-49.

Come evidenziato da diversi intellettuali, e come per sua stessa ammissione (messa per iscritto nel 1902 e nel 1930-32), Pirandello è *"**un figlio cambiato**"* (Camilleri, in *Biografia del figlio cambiato* Rizzoli, 2003), spesso in conflitto con il padre e apparteneva a una terra in cui si sentiva estraneo. Lo stesso Pirandello disse *"Io son figlio del Caos; e non allegoricamente, ma in giusta realtà"*. Nel complesso, il forte senso di idealismo, della madre in particolare, si trasformarono rapidamente in una amara delusione in lui, per la nuova realtà creatasi a seguito dell'unificazione italiana. Questo indubbiamente inculcò nel giovane Luigi il senso di sproporzione tra ideali e realtà.

All'età di dodici anni aveva già scritto la sua prima tragedia (*Barbaro*). Effettivamente aveva una mente dalla operosità precoce e alquanto attiva, anche considerando che soffriva di insonnia e abitualmente dormiva solo tre ore per notte. I suoi tentativi di superare la difficoltà di comunicazione con gli adulti, in particolare con il padre, devono averlo spronato ad affinare le capacità espressive. Più avanti si iscrisse, nel 1886 all'**Università di Palermo**, nel dipartimento di Giurisprudenza e Lettere, all'epoca al centro di un movimento che sarebbe poi evoluto nei **Fasci Siciliani** e ai cui esponenti Pirandello fu legato da stretta amicizia.

Dopo **Palermo**, Pirandello proseguì i suoi studi all'**Università di Roma**, a partire dal 1887 dove seguì corsi di filologia romanza. Dopo un violento litigio con un professore di latino, nel 1888 si recò all'Università di **Bonn**, in Germania, dove nel 1891 conseguì il dottorato in filologia con una tesi sul dialetto agrigentino. Rimase nella città tedesca diversi anni, frequentò una giovane ragazza del posto, **Jenny Schulz-Lander**, di cui si innamorò e per la quale scrisse i versi di *Pasqua di Gea* "*lucifera fanciulla, tu che il mio tutto sei e pur, forse, sei*

nulla". Rientrato a **Roma** nel 1892, ebbe modo di frequentare il mondo letterario dell'epoca, anche grazie all'amico **Luigi Capuana**, critico letterario e scrittore, che lo incoraggiò a dedicarsi alla scrittura narrativa. Tradusse anche le elegie romane di **Goethe**. Nel 1894 il padre organizzò il suo matrimonio con **Maria Antonietta Portulano**, una ragazza di origine agrigentina, figlia di un ricco socio in affari del padre. Non l'aveva mai incontrata prima, ma da lei ebbe in seguito tre figli (Stefano, Fausto e Rosalia "Lietta").

Grazie a questo matrimonio raggiunse l'indipendenza economica, potendo vivere a Roma e scegliendo di scrivere. Aveva già pubblicato un primo volume di versi, *Mal giocondo* (1889), che rendeva omaggio alle mode poetiche di **Giosuè Carducci**. Questi sono anche gli anni delle prime pubblicazioni e di una continua crescente produttività letteraria. Nel **1893** scrisse la sua prima opera importante, **Marta Ajala**, che fu pubblicata nel

1901 come *l'Esclusa*. Seguì, nel 1894, una prima raccolta di racconti, *Amori senza Amore*. Dalle collaborazioni con alcuni giornali ebbe la possibilità di pubblicare una serie di racconti, tra cui *Dialoghi tra Il Gran Me e Il Piccolo Me*, per poi più avanti, nel 1897, fondare un settimanale (**Ariel**) in cui poté pubblicare tra l'altro alcuni romanzi.

Nel 1903 una frana causata da un'inondazione fece chiudere la miniera di zolfo in cui erano stati investiti i capitali della moglie e del padre. Pirandello perse il patrimonio di famiglia e, improvvisamente povero, fu costretto a guadagnarsi da vivere non solo scrivendo, ma anche insegnando l'italiano in un collegio per insegnanti a Roma. Venuta a conoscenza del disastro, la moglie subì un crollo emotivo e sviluppò una condizione paranoica che si aggravò progressivamente.

Agli inizi del nuovo secolo, Pirandello pubblicò i primi scritti celebri come **Lumie di Sicilia, La Paura del Sonno, Il Turno** e una raccolta di poesie **Zampogna**. Il senso di tragedia e disillusione che prevaleva nelle sue opere, era principalmente il risultato delle sue difficoltà personali e della malattia mentale della moglie che peggiorò sempre di più, manifestandosi anche con accuse paranoiche e violente crisi di gelosia. Ricoverata in un ospedale psichiatrico, dove fu trasferita nel 1919, vi rimase fino alla sua morte, avvenuta nel 1959. Non c'è dubbio che il peculiare approccio di Pirandello ai problemi dell'essenza e dell'apparenza fu condizionato da questa drammatica esperienza diretta: una volta disse che una pazza gli aveva guidato la mano per 15 lunghi anni.

La malattia della moglie ebbe un notevole effetto sulla **scrittura letteraria di Pirandello**, che iniziò ad approfondire le nuove **teorie sulla psicoanalisi di Sigmund Freud** e ad analizzare il comportamento sociale nei confronti della malattia mentale. Follia, illusione e isolamento diventarono il focus principale in molte delle sue opere teatrali. I temi psicologici usati da Pirandello trovavano espressione tra gli altri nei racconti *La trappola* (1915) e *E domani, lunedì. . .* (1917).

Lo stile narrativo di Pirandello nascea dal verismo di due romanzieri italiani di fine Ottocento, **Luigi Capuana** e soprattutto **Giovanni Verga**. I titoli delle prime raccolte di racconti di Pirandello - *Amori senza amore*

(1894) e "*Beffe della morte e della vita*" (1902-03), suggerivano l'ironia del suo realismo che si ritrovava anche nei suoi primi romanzi: *L'esclusa* e *Il turno* (1902).

Nel 1904, durante le notti di veglia alla moglie Maria Antonietta, paralizzata alle gambe, scrisse il suo primo grande successo letterario, il più acclamato, **Il fu Mattia Pascal**, che fu tradotto da subito in diverse lingue. Sebbene il tema non fosse tipicamente "pirandelliano" (poiché gli ostacoli che il suo eroe doveva affrontare derivavano da circostanze esterne piuttosto che interiori), nel romanzo si vedeva già l'acuta osservazione psicologica che sarebbe stata in seguito diretta verso l'esplorazione del subconscio dei suoi personaggi.

La comprensione della psicologia in Pirandello fu affinata dalla lettura di opere come *Les altérations de la personnalité* (1892), dello psicologo sperimentale francese **Alfred Binet**; tracce della sua influenza si possono osservare nel lungo saggio *L'umorismo* (1908), in cui lo scrittore esaminava i principi della sua arte. Comune ad entrambi i libri era la teoria della **personalità inconscia**, che postulaa che ciò che una persona sa, o pensa di sapere, è la minima parte di ciò che è. Pirandello aveva cominciato a focalizzare la sua scrittura sui temi della psicologia ancor prima di conoscere l'opera di **Sigmund Freud**, il fondatore della psicoanalisi. I temi psicologici in Pirandello trovarono la loro espressione più completa nei volumi dei racconti *La trappola* (1915;) e *E domani, lunedì . . . .* (1917), e in racconti individuali come *Una voce, Pena di vivere così* e *Con altri occhi.*

Proseguì, fino all'inizio della prima guerra mondiale, la pubblicazione di diverse opere e un paio di saggi, e contemporaneamente dal 1909 iniziò la collaborazione con il **Corriere della Sera**, per il quale avrebbe pubblicato diverse novelle e il romanzo in prima parte *I vecchi e i giovani.*

Nel 1916 volse la sua attenzione - per poi dedicarcisi totalmente - al teatro, scrivendo ben nove spettacoli in un anno: *Pensaci Giacomino, Liolà, Così è (se vi pare), Ma non è una cosa seria, Il Piacere dell'onestà, Il gioco delle parti, Tutto per bene, L'uomo la bestia la virtù* per poi arrivare ai *Sei personaggi in cerca d'autore* del 1921.

Del 1922 è *Enrico IV*. Nel 1925 gli venne conferita la **Legione d'Onore a Parigi** e nello stesso anno fondò la **Compagnia del Teatro d'Arte di Roma** con due interpreti, **Marta Abba** e **Ruggero Ruggeri**, e cominciò a viaggiare, dato che le sue opere venivano rappresentate in vari teatri del mondo, inclusi quelli di **Broadway**. Viaggi che lo portarono ad incontrare celebri nomi dello spettacolo e delle scienze, come quando nel 1935 incontrò **Albert Einstein**.

La produzione di **Sei personaggi in cerca d'autore** a Parigi nel 1923 fece conoscere Pirandello e la sua opera divenne una delle influenze principali del teatro francese. Il dramma francese, dal pessimismo esistenzialista di **Jean Anouilh** e **Jean-Paul Sartre** fino al teatro dell'assurdo di **Eugène Ionesco** e **Samuel Beckett,** si sono "intinti" nel "pirandellianesimo". La sua influenza può essere rilevata anche nella letteratura e nella drammaturgia di altri Paesi, anche nei drammi di versi religiosi di **T.S. Eliot**. Per non parlare dell'influenza sugli autori italiani, come l'altro premio Nobel italiano, **Grazia Deledda** (di cui lo stesso Pirandello nutriva grande stima).

Seguirono anni di tormentata **polemica politica**, considerato che nel primo dopoguerra Pirandello aderì esplicitamente al **fascismo**, che andava sempre più istituzionalizzandosi. Nel 1924, in un momento critico per la polita italiana, dopo l'assassinio Matteotti, Pirandello entrò nel partito fascista e nel settembre dello stesso anno fondò, con il sostegno dello Stato, il **Teatro d'Arte di Roma**, di cui diventò direttore. Fu tra i firmatari del **Manifesto degli intellettuali fascisti**, di **Giovanni Gentile**, e benché la sua adesione al fascismo provocò non poche sorprese e polemiche, ci fu chi tentò di giustificarne la ragione con il fatto che egli fosse motivato da ideali patriottici e avesse in testa una sorta di "comunione" tra il **relativismo filosofico** della morale fascista e la **teoria pirandelliana esistenziale**. Probabilmente si trattava semplicemente di un calcolo opportunistico, legato alla ricerca di finanziamenti per il Teatro d'Arte di Roma e la sua compagnia teatrale. Tra il 1925 e il 1926 scrisse l'ultimo, e forse il più grande romanzo di Pirandello, ***Uno, nessuno e centomila***.

In quegli anni nacque anche l'amicizia con **Marta Abba**, l'attrice protagonista della sua compagnia teatrale e sua seconda musa. La compagnia, che metteva in scena soprattutto opere di Pirandello, compì diverse tournée all'estero, in Inghilterra, Francia e Germania (1925), a **Vienna**, **Praga**, **Budapest** (1926) e in Sud America (1928). Questa impresa si rivelò alla fine troppo costosa e il Teatro d'Arte fu sciolto nel 1928. A partire da quest'anno Pirandello passò molto tempo all'estero, soprattutto a **Parigi** e **Berlino**.

Fu il successo universale che seguì **Sei Personaggi in cerca di autore** (ma anche l'**Enrico IV**) che mandò Pirandello in tournée in tutto il mondo con la sua compagnia. Il successo lo incoraggiò anche a modificare alcune delle sue opere successive (ad esempio *Ciascuno a suo modo* del 1924) richiamando l'attenzione su di sé, così come in alcuni dei racconti successivi, furono accentuati gli elementi surrealistici e fantastici.

Nel 1929 Pirandello fu eletto membro della neonata Accademia d'Italia e nel 1934 fu insignito del **Premio Nobel per la letteratura**. La figura dello scrittore, già carismatica di suo, fu sottolineata alla premiazione del Nobel, dove si presentò ancora slanciato, energico, con la barba a punta come era ormai consuetudine e con il suo sguardo penetrante. Pirandello morì il 10 dicembre 1936, dopo essersi ammalato di polmonite, già cardiopatico, nel suo appartamento romano. L'appartamento successivamente fu dichiarato monumento nazionale e divenne sede del Centro di Studi Pirandelliani. Aveva 69 anni. Lasciò incompiuta l'opera teatrale ***I giganti della montagna.***

Lasciò un foglietto spiegazzato con queste ultime volontà.

> *I. Sia lasciata passare in silenzio la mia morte, agli amici, ai nemici preghiera nonché di parlarne sui giornali ma di non farne pur cenno. Ne annunzi né partecipazioni*

> *II. Morto, non mi si vesta. Mi si avvolga, nudo, in un lenzuolo, E niente fiori sul letto e nessun cero acceso.*

III. Carro d'Infima classe, quello dei poveri. Nudo. E nessuno mi accompagni, né parenti, né amici. Il carro, il cavallo e il cocchiere e basta.

IV. Bruciatemi- E il mio corpo appena arso sia lasciato disperdere; perché niente, neppure la cenere vorrei avanzasse di me. Ma se questo non si può fare, sia l'urna cineraria, portata in Sicilia e murata in qualche rozza pietra nella campagna di Girgenti, dove nacqui.

Tutto andò come aveva chiesto nelle sue ultime volontà, con grande disappunto del regime fascista, che avrebbe voluto celebrare un funerale di stato. Solo il punto IV delle sue volontà non venne inizialmente seguito, perché la pratica di disperdere le ceneri all'epoca era inusitata. Le ceneri vennero sistemate inizialmente nel cimitero del Verano, a Roma. Dopo la guerra, in sindaco di Agrigento chiese che fossero portate nella città siciliana. Il Presidente del Consiglio, De Gasperi accettò, ma la vicenda, come in un dramma dello stesso Pirandello, assunse dei tratti tragicomici. In prima battuta, i piloti dell'aereo che dovevano trasportare le ceneri si rifiutarono di decollare, per motivi scaramantici. Quindi, in treno la cassa col vaso scomparve, e fu ritrovata in un altro scompartimento, dove faceva da tavolino a una partita a carte (!). Ma la cosa non finì lì. Il vescovo di Agrigento rifiutò la sua benedizione, sino a che il vaso non fosse stato messo in una bara regolamentare: ne venne trovata una bianca, per bambini. Quando nel 1961, grazie all'iniziativa di alcuni studenti, tra cui **Andrea Camilleri**, finalmente le ceneri furono traslate nel museo civico di Agrigento venne approntato un cilindro metallico per conservarle.

Ma risultò troppo piccolo, per cui uno scaltro impiegato comunale ne versò una parte in un giornale. Prima che potesse disperderle una folata di vento gliele rovesciò addosso. Nonostante tutto, anche l'ultima volontà di Pirandello fu adempiuta...

Oggi le sue ceneri riposano in un enorme masso sotto un pino solitario, scenario che aveva immaginato per la sua nascita nell'incompiuto *Informazioni sul mio involontario soggiorno sulla terra*.

Carriera come drammaturgo

Pirandello scrisse oltre 50 opere teatrali. Si era cimentato nel teatro per la prima volta nel 1898 con *L'epilogo*, ma alcune vicissitudini ne impedirono la produzione fino al 1910 (quando fu ri-titolato *La morsa*). Le cose cambiarono solo con il successo di **Così è (se vi pare)** nel 1917. Questo "ritardo" di quasi vent'anni nell'arrivare al successo, può essere considerato una fortuan per lo sviluppo delle doti drammaturgiche dello scrittore. *L'epilogo* non si differenziava molto dagli altri drammi del suo periodo, ma *Così è (se vi pare)* iniziò la serie di opere teatrali che lo avrebbero reso famoso in tutto il mondo negli anni Venti.

Di natura analitica e per lo più prive di azione, le opere di Pirandello sono disquisizioni dialettiche di concetti ricorrenti l'essenza e l'apparenza, l'illusione e realtà, il problema dell'identità personale, l'impossibilità della verità oggettiva e della comunicazione.

Così è (se vi pare), *che* anticipava altre due grandi opere di Pirandello, era la dimostrazione, in termini drammatici, della **relatività della verità**, e del rifiuto dell'idea di una realtà oggettiva non in balia della visione individuale. ***Sei personaggi alla ricerca di un autore*** (1921) è la rappresentazione più accattivante del tipico contrasto pirandelliano tra l'arte, che è immutabile, e la vita, che è un flusso costante, un'indagine sui problemi estetici legati alla traduzione della "realtà ideale" dei sei personaggi nella "realtà casuale" del palcoscenico, rappresentata dagli attori e dalle transitorie contingenze del tempo. I personaggi che sono stati rifiutati dal loro autore si materializzano sul palcoscenico, palpitando con una vitalità più intensa rispetto ai veri attori, che inevitabilmente distorcono il loro dramma nel tentativo di presentarlo. La loro storia è solo accessoria all'aspetto più importante della commedia, lo scontro e lo scambio tra i due mondi dell'arte e della vita.

In **Enrico IV** il tema è la follia, che sta proprio sotto la pelle della vita ordinaria ed è, forse, superiore ad essa nella sua costruzione di una realtà soddisfacente. La commedia trova una forza drammatica nella scelta del suo eroe di ritirarsi nella irrealtà piuttosto che nella vita nel mondo incerto.

La produzione teatrale è quindi un'illustrazione dei principi relativistici e pessimistici di Pirandello e delle sue convinzioni filosofiche. Concentrò la sua indagine su questi aspetti principalmente, elaborando un processo di smascheramento dei personaggi e pubblicò le sue opere teatrali raccolte sotto il titolo **Maschere nude**.

In **Ciascuno a suo modo** (1924), questo tipo di analisi emerse ancora più chiaramente, e l'azione e la conseguente riflessione su di essa, erano già definite nella forma dello spettacolo. In pratica dopo ognuno dei due atti seguivano intermezzi corali, in cui si discuteva l'azione precedente. Nell'ultima opera della trilogia, **Questa sera si recita a soggetto** (1930), vediamo le conseguenze di questo approccio, che non ha più la pretesa di prendere sul serio lo spettacolo all'interno dello spettacolo: il regista, il dottor Hinkfuss, fa improvvisare i suoi attori su una sceneggiatura, un racconto di Pirandello.

Molte delle opere di Pirandello sono in un atto unico, come *Il berretto a sonagli* (1918), *Liolà* (1917), *La giara* (racconto 1909; opera teatrale 1917), *La patente* (racconto 1911; opera teatrale 1918), *Lumie di Sicilia* (racconto 1900; opera teatrale 1911) e attingono tematicamente all'ambiente siciliano, appartengono alla produzione di Pirandello di tipo regionale-naturalistica; addirittura, alcune di esse, furono originariamente scritte anche in dialetto siciliano.

La maggior parte della produzione successiva di Pirandello, riguardava il concetto di **maschera** nei suoi diversi aspetti: per Pirandello la finzione, la maschera da sola, autoimposta o, come nella maggior parte dei casi, forzata dalla società, rendeva possibile la vita. Se questa maschera viene strappata, volontariamente o con la forza, l'uomo non è più in grado di vivere, di "funzionare" in una società basata sulla legge della finzione comune: o torna a indossare la maschera, a "vivere" la vita dei morti, oppure diventa "pazzo", "folle" per la società. Rifiutando di indossare la maschera, i personaggi di Pirandello agli occhi di questo mondo scelgono la morte. Così possono morire la morte simbolica della pazzia, oppure possono scegliere di togliersi la vita sul serio e gettare via con la propria vita la maschera e la forma imposta, come fa **Ersilia Drei** di *Vestire gli ignudi* (1923). Possono anche, volentieri, scegliere una maschera in segno di libertà, come fa il protagonista di *Enrico IV* (1922), una delle opere più forti di Pirandello. Egli sceglie di indossare la maschera della follia in piena coscienza, decisione che suggella con un omicidio; e, ironia della sorte, la società - il mondo delle maschere - non può ritenerlo responsabile perché si è rifugiato dietro una maschera e ha battuto la società al suo stesso gioco.

Altri testi si concentrano più direttamente sulle convinzioni relativistiche di Pirandello riguardo alla realtà e all'illusione. *Così è (se vi pare)* (1918) esplora il duplice aspetto della verità. Le sue opere teatrali successive, come *Diana e la Tuda* (1927), *Trovarsi* (1932), *Quando si è qualcuno* (1933), sono esempi troppo rigidi della formula "vita contro forma" che il critico italiano **Adriano Tilgher** aveva coniato per la produzione di Pirandello dell'epoca. Della trilogia sui "miti moderni" che Pirandello aveva previsto, completò solo le prime due opere. *La nuova colonia* (1928) rappresenta le possibilità, piuttosto pessimistiche, che egli dà alla società di assicurare una vita comune dignitosa, mentre *Lazzaro* (1929), il suo "mito religioso", dà voce alle sue convinzioni religiose panteistiche. L'ultima di queste opere, il "mito dell'arte", *I giganti della montagna* (1938), come accennato, è rimasta incompiuta.

I romanzi

Mentre l'importanza di Pirandello come innovatore nel campo della drammaturgia è indiscussa, in generale i suoi romanzi non si discostano dalla forma convenzionale del genere. Così il suo primo romanzo, *L'esclusa* (1901), e il romanzo breve *Il turno* (1902) sono scritti nella tradizione realista.

Il fu Mattia Pascal (1904), è il romanzo che porta l'impronta del caratteristico approccio successivo di Pirandello. Con questo lo scrittore, per la prima volta, si affermò sulla scena internazionale. Il tema è intrinsecamente legato al concetto di Pirandello della maschera e dell'antinomia tra realtà e illusione. L'eroe, Mattia Pascal, fugge da quelle che per lui sono situazioni insopportabili: "maschere" che è costretto a indossare solo per rendersi conto che queste fughe sono state vane, perché non ha il coraggio di affrontare le conseguenze che derivano   esse.

Giustino Roncella nato Boggiòlo, pubblicato per la prima volta con il titolo **Suo marito** (1911), tratta un aspetto importante del concetto di creazione artistica di Pirandello: l'**antinomia tra vita e arte**. *I vecchi e i giovani* (1913) è un romanzo storico che ripercorre le vicende italiane tra il 1892 e il 1894. Il romanzo successivo, *Si gira* (1915), pubblicato in seguito con il titolo *Quaderni di Serafino Gubbio operatore* (1932), è ancora una volta incentrato sul problematico rapporto tra vita e arte, che qui viene visto attraverso il mondo dell'arte cinematografica.   L'ultimo   romanzo   di

Pirandello, *Uno, nessuno e centomila* (1925-1926), raccoglie una serie di osservazioni sul motivo della pluralità della personalità.

Racconti e critiche

Poiché intendeva scrivere un racconto per ogni giorno dell'anno, Pirandello pubblicò i suoi racconti con il titolo collettivo *Novelle per un anno*. L'edizione definitiva, però, contiene solo circa 232 racconti (1922-1937). Può darsi che i racconti di Pirandello resteranno la parte più durevole del suo lavoro. Essi contengono una serie di motivi, e spesso sviluppano temi e trame ripresi per intero nei romanzi o nelle opere teatrali successive. Così la storia *Quand'ero matto...* (1902) anticipa *Uno, nessuno e centomila*, e *Colloqui coi personaggi I, II* (1915) e *La tragedia di un personaggio* (1911) contengono il nucleo di *Sei personaggi in cerca d'autore*. Il problema della maschera, e della fuga dell'uomo da essa, è il tema principale di storie come *Il treno ha fischiato* (1914), *La maschera dimenticata* (1918) e *La carriola* (1917).

Molti dei saggi di Pirandello esplorano i problemi della creazione artistica come *Illustratori, attori e traduttori* (1908). *Arte e scienza* (1908) tratta la teoria estetica e contiene anche un rifiuto categorico dell'estetica di Benedetto Croce. Il saggio principale di Pirandello, *L'umorismo* (1908), stabilisce il suo concetto di umorismo.

Nel 1920 Pirandello diceva della propria arte:

"Penso che la vita sia una buffonata molto triste; perché abbiamo in noi stessi, senza poter sapere perché, perché o da dove derivi, il bisogno di ingannarci costantemente creando una realtà (una per ciascuno e mai uguale per tutti), che di volta in volta si scopre essere vana e illusoria. . . La mia arte è piena di amara compassione per tutti coloro che si ingannano; ma questa compassione non può non essere seguita dalla feroce derisione del destino che condanna l'uomo all'inganno."

Massimo Serra

TUTT'E TRE

Ballarò venne su strabalzoni dal giardino agitando in aria, invece delle mani, le maniche; perduto come era in un abito smesso del padrone.

— Maria Santissima! Maria Santissima!

La gente si fermava per via.

— Ballarò, che è stato?

Non si voltava nemmeno; scansava quanti tentavano pararglisi di fronte, e via di corsa verso il Palazzo del Barone, seguitando a ripetere quasi a ogni passo:

— Maria Santissima! Maria Santissima!

Quella corsa in salita, alla fine, e l'enormità della notizia che recava alla signora Baronessa lo stordirono tanto che, subito com'entrò nel palazzo, ebbe un capogiro e piombò sulle natiche, tra attonito e smarrito. Trovò appena il fiato per annunziare:

— Il signor Barone... correte... gli è preso uno sturbo... giú nel giardino...

All'annunzio la Baronessa, donna Vittoria Vivona, restò in prima come basita. Con la bocca aperta, gli occhi sbarrati si portò piano le grosse mani ai capelli, e si mise a grattarsi la testa. Tutt'a un tratto, balzò in piedi, quant'era lunga, con un tal grido che per poco non ne tremarono i muri dell'antico palazzo baronale. Subito dopo però, si diede ad agitar furiosamente quelle mani davanti alla bocca, quasi volesse disperdere o ricacciare indietro il grido; poi le protese in atto di parare, accennando che si chiudessero tutti gli usci; e con voce soffocata:

— Per carità, per carità, non lo senta Nicolina! Ha il bambino attaccato al petto! Lo scialle... datemi lo scialle!

E sussultò tutta nel ventre, nelle enormi poppe, di nuovo cacciandosi le mani nei ruvidi capelli color di rame:

— È morto, Ballarò? Oh Madre santa! Oh San Francescuccio di Paola, santo mio protettore, non me lo fate morire!

Cosí dicendo, fece per cavarsi dal petto la medaglina del santo; strappò il busto, non riuscendo a sganciarlo con le dita che le ballavano; trasse la medaglina e si mise a baciarla, a baciarla, tra i singhiozzi irrompenti e le lagrime che le grondavano dagli occhi bovini sul faccione giallastro, macchiato di grosse lentiggini; finché non sopravvennero le serve, una delle quali le buttò addosso lo scialle.

Seguita da quelle e preceduta da Ballarò, col fagotto delle molte sottane tirato sú a mezza gamba, si lasciò andare traballando patonfia per la scala del palazzo; e per un tratto, scordandosi di riabbassar quelle sottane, attraversò le vie della città con gli sconci polpacci delle gambe scoperti, le calze turchine di cotone grosso e le scarpe con gli elastici sfiancati, il busto strappato e le poppe sobbalzanti alla vista di tutti; mentre, stringendo nel pugno la medaglina, seguitava a gemere col vocione da maschio:

— San Francescuccio di Paola, santo padruccio mio protettore, cento torce alla vostra chiesa! fatemi la grazia, non me lo fate morire!

Ballarò, battistrada, alleggerito ora dal peso della notizia, quasi rideva, da quello scemo che era, per la soddisfazione d'essere uno di casa, in una congiuntura come quella, che attirava la curiosità della gente. Rispondeva a tutti:

— Sturbo, sturbo. Niente. Un piccolo sturbo al signor Barone. — Dove? Nel giardino di Filomena.

— Nel giardino di Filomena?

E tutti si davano a correre dietro alla Baronessa, senz'alcuna maraviglia che ella si recasse a vedere il marito là, nel giardino di quella Filomena, che per tanti anni era stata notoriamente «la femmina» del Barone, e dalla quale egli – ormai da vecchio amico – soleva passare ogni giorno due o tre ore del pomeriggio, amoroso dei fiori, dell'orto, degli alberetti di pesco e di melagrano di quel pezzo di terra regalato all'antica sua amante.

Circa dieci anni addietro, questo barone, Don Francesco di Paola Vivona, era salito a un borgo montano, a pochi chilometri dalla città, con la scorta di tutti i suoi nobili parenti a cavallo.

Re di quel borgo era un antico massaro, il quale aveva avuto la fortuna di trovare nelle alture d'una sua terra sterile, scabra d'affioramenti schistosi, una delle piú ricche zolfare di Sicilia, accortamente fin da principio ceduta a ottime condizioni a un appaltatore belga, venuto nell'isola in cerca d'un buon investimento di capitali per conto d'una società industriale del suo paese.

Senza un mal di capo, quel massaro aveva accumulato cosí, in una ventina d'anni, una ricchezza sbardellata, di cui egli stesso non s'era mai saputo render conto con precisione, rimasto a vivere in campagna da contadino tra le sue bestie, coi cerchietti d'oro agli orecchi e vestito d'albagio come prima. Solo che s'era edificata una casa bella grande, accanto all'antica masseria; e in quella casa s'aggirava impacciato e come sperduto, la sera, quando veniva a raggiungere, dopo i lavori campestri, l'unica figliuola e una vecchia sorella piú zotiche di lui e cosí ignare o non curanti della loro fortuna, che ancora seguitavano a vender le uova delle innumerevoli galline, davanti al cancello, alle donnicciuole che si recavano poi coi panieri a rivenderle in città.

La figlia Vittoria – o *Bittò*, come il padre la chiamava, – rossa di pelo, gigantesca come la madre morta nel darla alla luce, fino a trent'anni non aveva mai avuto un pensiero per sé, tutta intesa, col padre, ai lavori della campagna, al governo della masseria, alla vendita dei raccolti ammontati nei vasti magazzini polverosi, di cui teneva appese alla cintola le chiavi, bruciata dal sole e sudata, sempre con qualche festuca di paglia tra i cerfugli arruffati.

Da quello stato la aveva tolta per condurla in città, baronessa, don Francesco di Paola Vivona.

Gran signore spiantato e bellissimo uomo, costui, degli ultimi resti della sua fortuna s'era servito per comperarsi una magnifica coda di pavone; il prestigio, voglio dire, di una pomposa appariscenza, per cui era da tutti ammirato e rispettato e in ogni occasione chiamato all'onore di rappresentar la cittadinanza, che più volte lo aveva eletto sindaco.

Donna *Bittò* n'era rimasta abbagliata fin dal primo vederlo. Aveva subito compreso per qual ragione fosse stata chiesta in moglie, e anziché adontarsene, aveva stimato più che giusto, che una donna come lei pagasse con molti denari l'onore di diventare, anche di nome soltanto, Baronessa, e moglie d'un uomo come quello.

— Cicciuzzo è barone! Cicciuzzo è uomo fino! Non può dormire con me, Cicciuzzo! — diceva alle serve che le domandavano perché, moglie, da dieci anni si acconciava a dormir divisa dal marito. — Dorme come un angelo Cicciuzzo il barone; non si sente nemmeno fiatare; io dormo invece con la bocca aperta e ronfo troppo forte; ecco perché!

Convinta com'era di non poter bastare a lui, di non aver niente in sé per attirare, non già l'amore, ma neanche la considerazione di un uomo cosí bello, cosí grande, cosí fino, paga e orgogliosa della benignità di lui, non si dava pensiero dei tradimenti se non per il fatto che potevano nuocergli alla salute. Che tutte le donne desiderassero l'amore di lui, le solleticava anzi l'amor proprio; era per lei quasi una soddisfazione, perché infine la moglie era lei, davanti a Dio e davanti agli uomini; la Baronessa era lei; lei aveva potuto comperarselo, questo onore, e le altre no. C'era poco da dire.

Una sola cosa, in quei dieci anni, la aveva amareggiata: il non aver potuto dargli un figliuolo, a Cicciuzzo il barone. Ma saputo alla fine che egli era riuscito ad averlo da un'altra, da una certa Nicolina, figlia del giardiniere che aveva piantato e andava tre volte la settimana a curare i fiori nel giardino di Filomena, anche di questo s'era consolata. E tanto aveva detto e fatto, che da due mesi Nicolina era col bambino nel palazzo, ed ella la serviva amorosamente, non solo per riguardo di quell'angioletto ch'era tutto il ritratto di papà, ma anche per una viva tenerezza da cui subito s'era sentita prendere per quella buona figliuola timida timida e bellina, la quale certo per inesperienza s'era lasciata sedurre da quel gran birbante di Cicciuzzo il barone e dalle male arti di quella puttanaccia di Filomena. La voleva compensare della gioja che le aveva dato, mettendo al mondo quel bambinello tant'anni invano sospirato dal Barone. Poco le importava che gliel'avesse dato un'altra. L'importante era questo: che ormai c'era e che era figlio di Cicciuzzo il barone.

Anche la carità, intanto, quando è troppa, opprime; e Nicolina se ne sentiva oppressa. Ma donna *Bittò*, indicandole il bimbo che le giaceva in grembo:

— Babba, non piangere! Guarda piuttosto che hai saputo fare!

E, ridendo e battendo le mani:

— Com'è bello, amore santo mio! com'è fino! Figliuccio dell'anima mia, guarda come mi ride!

Gran ressa di gente era davanti la porta del giardino di Filomena. Scorgendola da lontano, la Baronessa e le serve levarono al modo del paese le disperazioni.

Il Barone era morto, e stava disteso all'aperto su una materassa, presso un chioschetto tutto parato di convolvoli. Forse la troppa luce, cosí supino, a pancia all'insú, lo svisava. Pareva violaceo, e i peli biondicci dei baffi e della barba, quasi gli si fossero drizzati sul viso, sembravano appiccicati e radi radi, come quelli di una maschera carnevalesca. I globi degli occhi, induriti e stravolti sotto le pàlpebre livide; la bocca, scontorta, come in una smorfia di riso. E niente dava con piú irritante ribrezzo il senso della morte in quel corpo là disteso, quanto le api e le mosche che gli volteggiavano insistenti attorno al volto e alle mani.

Filomena, prostrata con la faccia per terra, urlava il suo cordoglio e le lodi del morto tra una fitta siepe d'astanti muti e immobili attorno alla materassa. Solo qualcuno di tanto in tanto si chinava a cacciare una di quelle mosche dalla faccia o dalle mani del cadavere; e una comare si voltava a far segni irosi a una bimbetta sudicia, che strappava i convolvoli del chiosco, facendone muovere e frusciare nel silenzio tutto il fogliame.

Da una parte e dall'altra gli astanti si scostarono appena irruppe, spaventosa nello scompiglio della disperazione, la Baronessa. Si buttò anche lei ginocchioni davanti la materassa di contro a Filomena, e strappandosi i capelli e stracciandosi la faccia cominciò a gridare quasi cantando:

— Figlio, Cicciuzzo mio, come t'ho perduto! Fiato mio, cuore mio, come sono venuta a trovarti! Cicciuzzo del mio cuore, fiamma dell'anima mia, come ti sei buttato a terra così, tu ch'eri antenna di bandiera? Quest'occhiuzzi belli, che non li apri più! Queste manucce belle, che non le stacchi più! Questa boccuccia bella, che non sorride più!

E poco dopo, urlando anche lei, stracciandosi anche lei i capelli, a piè di quella materassa una terza donna venne a buttarsi ginocchioni: Nicolina, col bambino in braccio.

Nessuno, conoscendo la Baronessa, le prove date in dieci anni della sua incredibile tolleranza, non solo per l'amore sviscerato e la devozione al marito, ma anche per la coscienza ch'ella aveva, e dava agli altri, che fosse naturale quanto le era accaduto, data la sua rozzezza, la sua bruttezza e il suo gran cuore; nessuno rimase offeso di quello spettacolo, e tutti si commossero, anzi, fino alle lagrime, quand'ella si voltò a scongiurare Nicolina d'allontanarsi e, prendendole il bimbo e mostrandolo al morto, gli giurò che lo avrebbe tenuto come suo e lo avrebbe fatto crescere signore come lui, dandogli tutte le sue ricchezze, come già gli aveva dato tutto il suo cuore.

I parenti del Barone, accorsi poco dopo a precipizio, dovettero stentar molto a staccare quelle tre donne, prima dal cadavere e poi l'una dall'altra, abbracciate come s'erano per aggruppare in un nodo indissolubile la loro pena.

Dopo i funerali solennemente celebrati, la Baronessa volle che anche Filomena venisse a convivere con lei nel palazzo. Tutt'e tre insieme.

Vestite di nero, in quei grandi stanzoni bianchi, intonacati di calce, pieni di luce, ma anche di quel puzzo speciale che esala dai mobili vecchi lavati e dai mattoni rosi dei pavimenti avvallati, esse ora si confortavano a vicenda, covando a gara quel bimbo roseo e biondo, in cui agli occhi di ciascuna riviveva il defunto Barone.

A poco a poco, però, la Baronessa e Filomena cominciarono a far sentire a Nicolina, ch'essa, benché fosse la mamma del piccino, non poteva, per la sua età, per la sua inesperienza, esser pari a loro, sia nel dolore per la sciagura comune, sia anche nelle cure del bimbo. Per loro due la vita era ormai chiusa per sempre; per lei invece, così giovane e bellina, chi sa! poteva riaprirsi, oggi o domani. Cominciarono insomma a considerarla come una loro figliuola che, in coscienza, non si dovesse insieme con loro due sacrificare e votare a un lutto perpetuo.

(Forse, sotto sotto, parlava in esse, mascherata di carità, l'invidia; per il fatto che colei era la mamma vera del piccino.)

Per diminuire questa superiorità che Nicolina aveva su loro incontestabile, appena svezzato il bambino, quasi la esclusero da ogni cura di esso. Tutt'e due però sentivano che questa esclusione non bastava. Perché il bambino restasse insieme con loro legato tutto alla memoria del morto, bisognava che Nicolina ne avesse un altro, qualche altro di suo; bisognava insomma dar marito a Nicolina. La Baronessa avrebbe seguitato ad alloggiarla nel palazzo, in un quartierino a parte; le avrebbe assegnato una buona dote, trovandole un buon giovine per marito, timorato e rispettoso, che fosse anche di presidio a lei, a Filomena e a tutta la casa.

Nicolina, interpellata, s'oppose dapprincipio recisamente; protestò che non voleva esser da meno di Filomena, lei, nel lutto del Barone, ritenendo che anzi toccasse a lei di guardarlo di piú, questo lutto, per via del bambino. Quelle non le dissero che proprio per questo desideravano che si maritasse; ma si mostrarono cosí fredde con lei e cosí scontente del rifiuto, che alla fine, a poco a poco, la indussero a cedere.

Filomena, donna di mondo e tanto saggia che finanche il Barone, sant'anima, ne aveva seguito sempre i consigli, aveva già bell'e pronto il marito: un certo don Nitto Trettarí, giovine di notajo, civiletto, di buona famiglia e di poche parole. Non brutto, no! Che brutto! Un po' magrolino… Ma via, con la buona vita, avrebbe fatto presto a rimettersi in carne. Bisognava dirgli soltanto che non si facesse cucire cosí stretti i calzoni perché le gambe le aveva sottili di suo e con quei calzoncini parevano due stecchi, e che poi si levasse il vizio di tener la punta della lingua attaccata al labbro superiore; del resto, giovinotto d'oro!

Passato l'anno di lutto stretto, si stabilirono le nozze. La Baronessa assegnò a Nicolina venticinque mila lire di dote, un ricco corredo e alloggio e vitto nel palazzo; le donò anche abiti e gioje.

— Pompa no, — diceva allo sposo, che si storceva tutto per ringraziare e si passava di tratto in tratto la mano su una falda del farsetto, come se qualche cane minacciasse d'addentargliela. — Pompa no, caro don Nitto, perché il cuore in verità non ce la consente a nessuna delle tre; ma... (la lingua, don Nitto! dentro, la lingua, benedetto figliuolo! avete tanto ingegno e parete uno scemo) un po' di festa, dicevo, ve la faremo, non dubitate.

Nicolina piangeva, sentendo questi discorsi, e si teneva stretto il bambino al seno, come se, sposando, dovesse abbandonarlo per sempre. Don Nitto s'angustiava di quelle lagrime irrefrenabili, ma non diceva nulla, perché la Baronessa lo aveva pregato di lasciar piangere Nicolina, che ne aveva ragione. Tra breve, con l'ajuto di Dio, forse non avrebbe pianto piú; ma ora bisognava lasciarla piangere.

Non ci fu verso – venuto il giorno delle nozze – d'indurre Nicolina a levarsi l'abito di lutto: minacciò di mandare a monte il matrimonio, se la costringevano a indossarne uno di colore. O con quello, o niente. Don

Nitto consultò i parenti, la madre, le due sorelle, i cognati, passandosi e ripassandosi la mano sulla falda del farsetto; specialmente le due sorelle tenevano duro, perché erano venute con gli abiti di seta sgargianti del loro matrimonio e tutti gli ori e i «guardaspalle» di raso, a pizzo, con la frangia fino a terra. Ma alla fine dovettero tutti sottomettersi alla volontà della sposa.

E andarono in processione, prima in chiesa, poi allo stato civile; lo sposo, tra le due sorelle, avanti; poi Nicolina, tra la Baronessa e Filomena, tutt'e tre in fittissime gramaglie, come se andassero dietro a un mortorio; infine la mamma dello sposo tra i due generi.

Ma la scena piú commovente avvenne nella sala del municipio.

C'erano in quella sala, appesi in fila alle pareti, i ritratti a olio di tutti i sindaci passati: quello di don Francesco di Paola Vivona era, si può ben supporre, al posto d'onore, proprio sopra la testa dell'assessore addetto allo stato civile.

La Baronessa fu la prima a scorgere quel ritratto, e prese a piangere prima con lo stomaco, sussultando. Non potendo parlare, mentre l'assessore leggeva gli articoli del codice, urtò col gomito Nicolina, che le stava accanto. Come questa si voltò a guardarla e, seguendo gli occhi di lei, scorse anch'ella il ritratto, gittò un grido acutissimo e proruppe in un pianto fragoroso. Allora anche la Baronessa e Filomena non poterono piú contenersi, e tutt'e tre, con le mani nei capelli, davanti all'assessore sbalordito, levarono le grida, come il giorno della morte.

— Figlio, Cicciuzzo nostro, che ci guarda! fiamma dell'anima nostra, quanto eri bello! Come facciamo, Cicciuzzo nostro, senza di te? Angelo d'oro, vita della vita nostra!

E bisognò aspettare che quel pianto finisse per passare alla firma del contratto nuziale.

L'OMBRA DEL RIMORSO

— Sono venuto, — si lamentò dalla soglia Bellavita, con quell'esitazione di chi si butta a parlare e poi, incerto, si trattiene, — sono venuto, perché l'ho capito, sa? il cuore a Vossignoria…, il cuore non le regge piú… a venire da me… L'ho capito!

Ricomposto appena dallo scatto d'ira all'annunzio di quella visita, il signor Notajo, dal tavolino innanzi al quale stava seduto nella sua stanza da letto, accennò di sí col grosso capo calvo, ma senza saper bene perché. (Il cuore? che aveva detto?) E invitò con un cenno della mano il visitatore a introdursi, a sedere.

Bellavita, a quel gesto, sentí quasi sussultare tutta la stanza, tanta fu d'improvviso la gioja che ne ebbe. E siccome, parato di strettissimo lutto, dopo aver parlato, s'era ricomposto rigido su la soglia, le gambe per quella gioja quasi gli mancarono. Si sorresse, premendo le gracili mani su gli omeri del figliuolo Michelino, che gli stava davanti, vestito anch'esso d'un abito ritinto or ora di nero.

A quella pressione, come per un richiamo, apparve subito piú raggiante in Michelino la soddisfazione con cui portava addosso quell'abito nero. Proprio come una divisa, lo portava. Il giorno avanti, ai piccoli amici del vicinato, raccolti innanzi all'uscio di strada su cui il padre aveva inchiodato di traverso una fascia nera di bambagino, egli aveva annunziato:

— Sono a lutto, io.

E, storcignandosi dal piacere in cui pareva tutto invischiato, si era passate le mani sopra la giacca.

Anche papà era a lutto, e come! Perfino la fascia di lana, sempre avvolta attorno al collo gangoloso, da rossa se l'era fatta ritingere nera. Ma lo portava con ben altro contegno, papà, il lutto.

All'invito d'introdursi, rimessosi dalla gioja, Bellavita spinse avanti Michelino; e piano, prima, in un orecchio:

— (Va' a baciar la mano al signor cavaliere!)

Poi con la composta gravità che quella visita di soli sei giorni dopo gl'imponeva, mosse alcuni passi nella camera in disordine che sapeva ancora dei notturni ronfi grassi del grasso Notajo, e sedette ma in punta in punta a una seggiola, e dritto sulla vita, quasi il cordoglio dovesse per forza tenerlo teso e indurito cosí.

Forse, a casa sua, si sarebbe buttato giú, nella disperazione di quel cordoglio. Ma siccome qua la commiserazione che il signor cavaliere poteva accordargli non doveva occupar soverchio posto nello stesso e certo non men disperato cordoglio da cui doveva essere straziato anche lui in quel momento, gli parve anche troppo toccar cosí col sedere appena appena quella punta di seggiola.

Michelino, ricevuto dal signor Notajo solo il cenno d'un bacio sui capelli, ritornò a lui e gli si pose tra le gambe.

Per un momento, dal marmo del comodino accanto al letto disfatto, si rese percettibile nell'uggia cupa e sonnolenta di quella vecchia camera il ticchettío sottile dell'orologio d'oro da tasca lasciato lí su un fazzoletto rosso di seta. Il Notajo s'era chinato con le braccia conserte sul piano del tavolino e vi aveva affondato il capo.

Rimase Bellavita un pezzo a contemplare con occhi gravi e densi d'angoscia la calvizie paonazza del signor Notajo, emergente là dalle braccia conserte. Se il rispetto non l'avesse trattenuto, si sarebbe accostato in punta di piedi a deporre un bacio di convulsa gratitudine su quella calvizie, tanto il doloroso raccoglimento del signor Notajo gli era di balsamo al cuore. Se ne sentiva proprio beato, quasi gliela desse a pascere lui tutta quella pena commovente in cui lo vedeva sprofondato, come il latte del suo seno una mamma al suo bambino.

Alla fine si risolvette a parlare.

— Per il funerale, — disse (e subito la voce gli tremò) — per il funerale ordinai in suo nome una corona di fiori freschi, un po'… un po' piú ricca della mia.

Il Notajo levò la faccia piú che mai aggrondata dal tavolino.

— Una corona?

— Me lo permisi, sicuro d'interpretare il suo sentimento, signor Cavaliere.

— Sta bene. E poi?

— E poi le feci collocare tutte e due sul carro funebre, signor Cavaliere. La sua e la mia. Accanto. Tanto, tanto belle, se Vossignoria le avesse vedute! Parlavano.

— Chi parlava?

— Quelle due corone, signor Cavaliere.

La faccia paonazza del Notajo, alzata, come recisa e posata lí sul piano del tavolino, diventò livida dalla stizza.

— Spero, — disse, — che nel nastro non avrai fatto scrivere il mio nome!

Bellavita, tenendo il fazzoletto listato di nero davanti agli occhi, fece segno di no, col capo.

— Poi? — domandò di nuovo il Notajo.

— Poi, — riprese tra il pianto Bellavita, — tre messe ho fatto dire alla sant'anima: una per lei, una per me, una per Michelino.

Michelino si scosse, invanito dalla bella notizia che una messa... oh! anche per lui? e fece per ripassarsi la mano sulla giacca; ma interruppe il gesto vedendo sorgere in piedi il signor Notajo.

— Mi dirai quanto hai speso!

— Signor Cavaliere...

— Mi dirai quanto hai speso! — ribatté forte, con esasperazione, il Notajo.

Bellavita strinse tra i denti il labbro per impedire uno scoppio di singhiozzi, ma le lagrime gli piovvero dagli occhi.

— Pe... per carità, — barbugliò. — Mi... mi vuol dare anche questo dolore?

Il Notajo guatò quelle lagrime, il pietoso aspetto di quell'uomo disfatto in pochi giorni dall'improvvisa sciagura; vide lo sbigottimento allungarsi sul viso sbiancato del ragazzo, e si mise a passeggiare per la stanza, con le mani nelle tasche dei calzoni, senz'aggiungere altro.

I calzoni di quel vecchio abito di casa, troppo larghi, gli facevano due goffe pieghe sul di dietro, le quali, al movimento delle natiche, andavano su e giú in modo ridicolissimo. Michelino lo notò, e non guardò piú altro, finché il Notajo stette a passeggiare.

Alla fine, Bellavita riuscí a risucchiarsi le ultime lagrime dal naso e riprese:

— Sono venuto anche per Michelino.

— Per Michelino?

— Per domandare a Vossignoria se posso rimandarlo a scuola.

— Dio grande e buono! — esclamò allora il Notajo, levando le pugna al soffitto. — E perché lo domandi a me?

— Ma per sapere se le sembra giusto, dopo sei giorni soltanto.

Con ambo le mani ancora alzate il Notajo fece un gesto violento di noncuranza:

— Ma fa' quello che ti pare!

— Ah no, — scattò Bellavita, con gravità e anche con risolutezza, a questo punto. — Di Michelino si tratta! E non voglio far nulla, io, senza il consiglio e il consenso di

Vossignoria. Il ragazzo soffre a star solo in casa con me. Vede come s'è ridotto in sei giorni, povera creatura? Ma io non so far altro che piangere, piangere, piangere…

E di nuovo, giú lagrime, a fontana.

A un tratto, soffocato, arrangolando, balzò in piedi e andò a buttarsi addosso al Notajo, disperatamente.

— Ah, signor Cavaliere, — gridò, — per carità, signor Cavaliere, abbia considerazione di me! Non m'abbandoni, non m'abbandoni in questo momento, signor Cavaliere! Tutti mi disprezzano per causa sua; tutti ridono di me; di questo mio stesso lutto! Lei solo mi può e mi deve compatire! Lei che sa il sentimento mio! Lei che sa che non ho voluto mai nulla da Lei! Un po' di considerazione soltanto, per il rispetto che le ho sempre portato; un po' di considerazione per la mia disgrazia, per la *nostra* disgrazia, signor Cavaliere!

E lo guardò, in cosí dire, da vicino, cosí affitto affitto e con certi occhi cosí smarriti e atroci, da pazzo, che al Notajo passò la tentazione di tirargli una spinta per levarselo d'addosso e mandarlo a schizzar lontano.

Quasi non gli parve vero. Provò schifo nel sentir la magrezza di quelle braccia sotto la stoffa pelosa dell'abito ritinto, nella violenza che facevano per aggrapparglisi al collo in quella convulsione di pianto. E con questo schifo nelle dita, si voltò verso la finestra chiusa della stanza, come per cercare uno scampo. Chi sa perché, in quella finestra notò subito la croce che nella vetrata formavano le bacchette di ferro arrugginite. E, nello stesso tempo, una strana relazione avvertí tra l'orribile peso di quell'uomo che gli piangeva sul petto e tutta la solinga tristezza della sua vita di vecchio scapolo grasso, quale ora gli appariva evidente dai vetri sudici di quella finestra sul cielo bigiognolo della mattinata autunnale.

Per sottrarsi a quell'incubo, si mise a esortare il piangente a farsi animo: gli promise che non l'avrebbe abbandonato; che sarebbe andato a trovarlo a casa; come prima, sí!

— Ma Teresina... Teresina, signor Cavaliere... Teresina, non la troverà piú! Non le reggerà il cuore, a Vossignoria...

— Se ti dico che verrò! Verrò, verrò...

E cosí alla fine riuscí a mandarlo via.

Rimasto solo, stette per piú di cinque minuti ad aprire e chiudere le mani, tutto vibrante, congestionato, e a muggire, a fischiare, a gridare in tutti i toni:

— Perdio... perdio... perdio...

Seduto su uno sgabello di ferro della sua botteguccia di caffè, curvo, con gli occhi fissi sul marmo impolverato d'uno dei tavolinetti, Bellavita aspettò parecchi giorni la promessa visita del notajo Denora.

Ma né il Notajo venne, né nessuno dei suoi amici, che prima solevano passar là nel caffeuccio le mezze giornate a conversare, a leggere i giornali, a giocare a carte.

Con Michelino stretto tra le braccia, quando il ragazzo ritornava dalla scuola, Bellavita si sfaceva in lagrime, aspettando. A un certo punto, perché il cuore gonfio non gli scoppiasse in petto, balzava in piedi; affidava la botteguccia al vecchio cameriere che dormiva sempre, e si recava lui di nuovo, con Michelino, a trovare in casa il signor Notajo.

Solo dopo quattro o cinque di quelle visite, cominciò a comprendere che esse non erano bene accette al Notajo. Non disse nulla. Aggiunse al pianto, sempre vivo per la morte della moglie, altro pianto per questo nuovo dolore, e diradò un poco le visite. Quando andava, mandava dentro lo studio del Notajo Michelino, e lui si sedeva silenzioso e con gli occhi chiusi nell'anticamera, lí accanto alla bussola di panno verde ingiallito con l'occhio opaco nel mezzo. A poco a poco le palpebre gli si gonfiavano di pianto, e le lagrime gli gocciolavano grosse e spesse per le guance scavate. Il naso, pieno anch'esso di lagrime, gli veniva di soffiarselo forte; se lo soffiava piano, per non disturbare; piano piano… E di tutta quella sua delicatezza non rimeritata s'inteneriva angosciosamente; e quell'angosciata tenerezza gli si scioglieva subito in un nuovo e piú urgente sgorgo di lagrime.

— T'ha baciato, di', t'ha baciato? — domandava subito a Michelino, accorrendo come un assetato, appena lo vedeva uscire dallo studio.

Michelino alzava le spalle, seccato, non comprendendo il perché di quell'ansiosa, insistente premura del padre di sapere che cosa gli avesse detto e fatto il Notajo.

— Non t'ha baciato?

— M'ha fatto cosí, — rispondeva alla fine Michelino, passandosi celermente una mano sui capelli irsuti.

— E nient'altro?

— Nient'altro.

Lo accompagnava a casa; lo raccomandava alla serva; e ritornava alla bottega, dove ritrovava il vecchio cameriere che dormiva ancora, nel solito angolo, con la bocca aperta, mangiato dalle mosche.

Tutta la bottega, dalle vetrine laccate un tempo di bianco, ora ingiallite e scrostate, sonava del ronzío fitto, continuo, opprimente di quelle mosche.

Bellavita tornava a sedere, curvo, su lo sgabello di ferro, e stava lí, immobile per ore e ore, con gli occhi fissi, aguzzi, spasimosi, che pareva finissero di divorargli la faccia smunta e smorta, dalla barba non rifatta da parecchi giorni. E allora quelle mosche cominciavano a mangiarsi anche lui: gli si posavano sugli orecchi, sul naso, sul mento; ma egli non le avvertiva nemmeno; o, al piú, levava appena appena una mano a cacciarle, quando già erano volate via.

Erano diventate le padrone della bottega, quelle mosche; avevano incrostato delle loro sudicerie i due veli, l'uno color di rosa e l'altro celeste, tutt'e due scoloriti, che sul banco coprivano le paste già secche, le torte indurite, con la marmellata tutta gromme di muffa.

Nella scaffalatura in fondo le bottiglie dei liquori eran tutte coperte di polvere. E su uno dei piatti della bilancia, sul banco, era rimasto un peso d'ottone, a ricordare l'ultima vendita di dolci fatta dalla moglie, che fino a poco tempo addietro sedeva là, ridente e sfavillante, a quel banco, col nasino bianco di cipria, lo scialletto rosso di seta a lune gialle sul seno prosperoso, i cerchioni d'oro agli orecchi; e ogni sorriso di risposta a ogni sguardo che le fosse rivolto, le scopriva le pozzette alle guance leggermente imbellettate.

Lo aveva ancora nelle narici il profumo di quella donna e gli veniva di serrare i pugni, assalito da una disperata voglia di fracassar quelle vetrine, di rovesciar quelle bottiglie, che gli esasperavano insopportabilmente l'angoscia con la loro simmetrica immobilità di cose che potevano seguitare a esser per sé, là come prima, mentre tutto per lui era finito, finito!

E l'infame calunnia ch'egli tenesse sú quella bottega di caffè coi denari del notajo Denora; quand'invece, aveva proibito alla moglie d'accettare perfino quello che si dice un fiore dal signor Notajo! Si pigliava i soldi del caffè, quando il Notajo veniva lí con gli amici, proprio perché, a non pigliarseli, gli sarebbe parso di dar troppo nell'occhio; ma Dio sa quanto ne soffriva! Altro che quel poco di caffè, pur fatto con specialissima cura, gli avrebbe dato il sangue delle vene, per la sviscerata gratitudine che gli serbava, della difesa che nei primi tempi del matrimonio il signor Notajo aveva fatto di lui contro la moglie che lo accusava di poco avvedimento, di poco tatto con gli avventori e d'inesperienza anche e di goffaggine; gratitudine poi della pace che il signor Notajo, con la sua tranquilla e circospetta relazione, gli aveva rimesso in famiglia; gratitudine della rivincita che con l'amicizia di lui aveva potuto prendersi su tutti coloro che lo avevano sempre deriso per le sue arie da «persona civile», che sapeva trattare e stare in confidenza coi meglio signori.

Come mai, ora ch'era rimasto cosí stroncato dalla sciagura, nemmeno uno di essi si faceva piú vedere al caffè? Che male aveva fatto al signor Notajo, da esser trattato cosí dai suoi amici? Se mai qualcuno tra loro due, poteva aver rimorso d'aver fatto male all'altro, quest'uno certamente non poteva esser lui.

Non se ne dava pace, Bellavita. Ne impazziva, parola d'onore, ne impazziva!

Ma finalmente, un giorno, ecco presentarsi alla soglia del caffeuccio uno dei piú intimi amici del notajo Denora.

Appena lo vide, Bellavita balzò in piedi:

— Pregiatissimo signor avvocato!

Ma subito, colto da vertigine, fu costretto a recarsi una mano sugli occhi e a sorreggersi con l'altra al tavolinetto.

— Oh Dio! Bellavita, che è?

— Niente, signor avvocato. La gioja. Come ho veduto entrare Vossignoria... Mi sono alzato troppo di furia. Sono tanto debole, signor avvocato! Ma niente, ora è passato.

— Povero Bellavita, — fece quegli, posandogli una mano su la spalla. — Sí, lo vedo, siete molto deperito. No no, state, state seduto.

— Ma Vossignoria s'accomodi, per carità!

— Ecco, sí, seggo qua.

— Comanda un caffè? una bibita?

— No, niente. State seduto. Vengo a nome del notajo Denora, caro Bellavita, a farvi una proposta.

— A nome...?

— Del notajo Denora.

Bellavita, nel sentir nominare il notajo Denora, cosí, come a tradimento, appassí e guardò quel signore come se fosse venuto a togliergli anche l'aria da respirare.

— Ho inteso, — disse. — Ma scusi...

E non poté seguitare, al pensiero che il signor Notajo avesse sentito il bisogno di rivolgersi a un altro per fare a lui una proposta.

Interpretando male il doloroso sbalordimento che si dipinse sul volto di Bellavita, colui s'affrettò a esortarlo:

— Non v'allarmate, non v'allarmate, caro Bellavita. È per il bene del vostro ragazzo.

— Di Michelino?

— Di Michelino, sí. Voi sapete che il Notajo gli ha voluto sempre bene, e seguita a volergliene.

— Sí? Ah sí? — fece subito Bellavita, protendendosi, con gli occhi d'improvviso ridenti di lagrime. E l'angoscia tormentosa di tutti quei giorni gli fece impeto per trovare uno sfogo in un torrente di domande ansiose attraverso la gioja insperata e inattesa di quella notizia.

— E perché allora... — cominciò a dire.

Ma quegli parò le mani, a interromperlo subito.

— Lasciatemi dire, vi prego. Il Notajo vi propone, caro Bellavita, di mettere il ragazzo in un collegio, a Napoli.

Bellavita sgranò tanto d'occhi, ripiombando nello sbalordimento doloroso, ma col sospetto ormai che il discorso che quel signore era venuto a fargli, nascondeva sotto ogni parola un tradimento preparato dal Notajo.

— A Napoli? — disse. — Il ragazzo? E perché?

— Per dargli una migliore educazione, — rispose subito quegli, come se fosse una cosa chiara per se stessa, evidente. — E si assumerà il Notajo, s'intende, tutte le spese, purché voi consentiate a separarvene.

Dapprima ancor quasi smarrito, poi a mano a mano raffermandosi sempre piú in quel sospetto che lo riempiva di sgomento e d'indignazione a un tempo, Bellavita cominciò a domandare e a dire:

— E perché? Il ragazzo, qua, studia, signor avvocato; va bene a scuola; io lo tengo d'occhio. Perché il signor Notajo mi propone di mandarlo in un collegio, e cosí lontano, a Napoli? E io? Ah, non vuol piú tenere nessun conto di me, il signor Notajo? Senza il ragazzo, io morrei... Sto morendo io, signor avvocato, sto morendo qua, di crepacuore, abbandonato da tutti, senza sapere perché! Ma che gli ho fatto io, che gli ho fatto, in nome di Dio? Vuol levarmi anche il ragazzo?... No, no, mi lasci dire! Non è vero niente, signor avvocato, che gli sta a cuore l'educazione di Michelino. No. È altro! è altro! E io lo so, signor avvocato, che cos'è! Ma come? Mi parla di spese, lui? osa parlarmi di spese? E quando mai ho ricorso a lui per mantenere il ragazzo come un figlio di signori? Io, coi miei soli mezzi! io! E finché campo, ci penserò sempre io, glielo dica! Non posso mandarlo a Napoli. Ma quand'anche potessi, non vorrei. Perché il signor Notajo mi fa dir questo? Ha forse creduto che gli portavo il ragazzo per averne qualche cosa?

A questo punto l'amico cercò d'arrestar la foga di tutte queste domande irrompenti, approfittando del sospetto, realmente infondato, contenuto nell'ultima domanda di Bellavita. Ma questi non si lasciò sopraffare.

— Non è per questo? — incalzò. — E allora perché? Forse perché non vuol piú vedere neanche il ragazzo? Me, da un pezzo, non mi vede piú!

— Oh, alle corte, — disse allora risolutamente quell'amico, assai seccato. — Ora ci siamo! È questo, caro Bellavita. Parliamoci chiaro.

Ma chiaro, veramente, quando fu al dunque, stentò piú d'un poco a parlare quell'amico, perché non era mica facile far comprendere a Bellavita il dispetto del Notajo per il suo canino attaccamento. Come spiattellargli in faccia che, con la morte della donna, il Notajo aveva creduto d'essersi liberato dell'incubo di lui, che col ridicolo della sua incredibile mansuetudine, col rispetto ossequioso di cui lo faceva segno davanti a tutti gli amici, con le lodi sperticate che profondeva con chiunque ne parlasse, gli aveva avvelenato il piacere di quell'unica avventura tardiva della sua sobria, riservatissima esistenza? Poteva mai tollerare il signor Notajo la minaccia di non levarselo piú d'attorno, e che egli seguitasse a rispettarlo, a incensarlo, a servirlo davanti a tutti, a dimostrare in tutti i modi, come aveva sempre fatto, che se tanti trattavano con confidenza il signor notajo Denora, non stessero a farsi illusioni, perché il signor notajo Denora aveva in segreto una ragione di speciale intimità con lui, e non avrebbe potuto accordarla ad altri? Legato a lui, per forza, dall'amore per la stessa donna, poteva il signor Notajo seguitare ora a rimaner legato, attaccato a lui dal dolore comune, dal lutto comune per la perdita di lei? Siamo giusti! Era ridicolo! ridicolo! E Bellavita, perdio, doveva capirlo, che, essendo forzato quel primo legame, ora che la morte finalmente lo aveva sciolto, il signor Notajo non aveva piú nulla da spartire con lui, perché il dolore, se lo aveva, il lutto, se voleva portarlo per la morte di quella donna, non c'era nessun bisogno che lo avesse e lo portasse in comune con lui. Troppo aveva fatto ridere. Ora basta. Non voleva piú.

Bellavita, dopo essersi contorto sullo sgabello per arrivare in fondo a quella faticosa spiegazione, alla fine rimase come trasecolato.

— Ah sí? — cominciò a dire. — Ah, è per questo?

E non la finí piú. A ogni ah, gli occhi indolenziti dalla dura fissità di tutti quei giorni di spasimo gli si sbarravano, gli s'accendevano di lampi di follia.

— Ah teme il ridicolo il signor Notajo? Lui, lo teme? Perché io lo rispetto, teme il ridicolo? Lui che per dieci anni mi rese lo zimbello di tutto il paese, teme il ridicolo?

Ah, quanto mi dispiace! E per questo vuole disfarsi di me e di Michelino? Perché sono andato a trovarlo a casa col ragazzo e voglio rispettarlo ancora? Quanto me ne dispiace, parola d'onore! Ma se è per questo, ah, signor avvocato, gli dica – la prego – che in casa, io, col ragazzo non andrò piú a trovarlo; ma che, quanto a rispettarlo, ah, quanto a rispettarlo non posso farne a meno! L'ho sempre rispettato, quando il rispetto poteva costarmi d'avvilimento e di mortificazione, e vuole che proprio ora, ora che n'ho piú bisogno, non lo rispetti piú? Mi dica lei come potrei fare a non rispettarlo piú, signor avvocato! Non ho mai fatto altro, tutta la vita, e vuole che ora, tutt'a un tratto, non lo rispetti piú? Per forza, sempre lo rispetterò, glielo dica! Mi scusi. Me lo insegna lui il mezzo di vendicarmi, e vuole che io non me n'approfitti? Davanti a tutti mi metterò a rispettarlo di piú, in modo che tutti vedano e sappiano qual è e quant'è, questo mio rispetto per lui! Me lo può impedire? Appena lo vedo, subito me gli attacco dietro. Mi metto di professione a fare la sua ombra! Sissignore. L'ombra del suo rimorso; di tutto il male che m'ha fatto per tutto il bene che gli ho voluto. Glielo vada a dire. Egli il corpo ed io l'ombra. Mi dà un calcio, e me lo piglio; uno schiaffo, e me lo piglio. Gli faccio anzi tanto di cappello, subito, a ogni calcio che m'allunga, a ogni schiaffo che mi dà. Può andare a dirglielo. Egli il corpo ed io l'ombra.

L'amico cercò in tutti i modi di dissuaderlo, con preghiere, con ragionamenti, con minacce. Bellavita non si rimosse piú da quella sua frase:

— Egli il corpo ed io l'ombra.

Stava per precipitare nell'abisso della piú nera disperazione, ed ecco che aveva trovato, in quelle due parole, un sostegno per fermarsi, per riprendersi. Oh Dio! Poteva anche ridere! Sí. Ecco che già rideva. Aveva tanto pianto; ora poteva ridere. Sí, sí. E avrebbe fatto ridere tutti. Sarebbe stata la sua vendetta. Ogni marito ingannato dalla moglie avrebbe dovuto adottarlo, questo nuovo genere di vendetta: mettersi a rispettare, a venerare, a incensare davanti a tutti, in tutti i modi, l'amante della moglie fino a farlo disperare; riverberargli addosso di continuo il ridicolo della propria mansuetudine, fino a farlo fuggire tra la baja di tutti; e fuggito, ecco, ecco, corrergli ancora dietro, e ancora inchini e riverenze e scappellate, fino a non dargli piú un momento di requie. Una volta per uno, pezzo d'ingrato! Non ci aveva mai pensato, lui, che quel suo sincero rispetto era già una vendetta del tradimento, perché avvelenava al signor Notajo il piacere di esso. Motivo di piú, ora, per rispettarlo, il signor Notajo che gli aveva aperto gli occhi e che per mezzo di quell'amico gli aveva fatto vedere e toccare con mano quanto ne aveva patito, poverino! Bisognava compensarlo, povero signor Notajo, con altrettanto rispetto, d'ora in poi.

E Bellavita corse dal suo sarto a ordinargli un nuovo abito da lutto che facesse colpo e saltasse subito agli occhi di tutti per un che di goffo che il sarto ci doveva mettere. Roba da pompa funebre. E camicia nera, solino nero, cravatta nera, bastoncino nero, guanti neri, fazzoletto nero: tutto nero. E poi sú, dritto impalato, dietro al signor Notajo, a scortarlo a due passi di distanza, nell'ora che usciva dallo studio per la consueta passeggiata.

La prima volta che prese a scortarlo cosí, il Notajo notò che la gente che gli veniva incontro si fermava e scoppiava a ridere. Si voltò, e, come scorse Bellavita parato a quel modo, prima allibí, poi si sentí rimescolare tutto e gli corse a petto e gli muggí sotto sotto, accennando di levar la canna d'India:

— Lasciami in pace, Bellavita, o t'accoppo, sai!

Ma Bellavita gli restò davanti zitto e con gli occhi bassi; impassibile, come un'ombra. E la gente tutt'intorno, ferma per via, a guardare e a ridere. Per sottrarsi a quelle risa il Notajo riprese ad andar di fretta, e allora Bellavita, dietro, di fretta anche lui. Il Notajo andò a ricorrere al Commissario di polizia; ma al Commissario di polizia Bellavita, quando fu chiamato, rispose che non disturbava nessuno; che la strada non era del signor Notajo e che egli ci camminava per conto suo, vestito cosí perché gli era morta la moglie. Il Notajo pensò di starsene parecchi giorni in casa, e Bellavita per tutti quei giorni all'ora solita gli passeggiò sotto le finestre come una sentinella. Il Notajo finalmente uscí; e lui, di nuovo, dietro. Un giorno, alla fine, non potendone piú, il Notajo gli diede una solenne fiaccata di bastonate; e lui, come aveva detto, se le pigliò; poi, un altro giorno, una tremenda labbrata con la grossa tabacchiera d'argento; e lui, per piú d'una settimana, seguitò ad andargli dietro col labbro che gli pendeva come una lingua di cane. Che restava da fare al notajo Denora? Ammazzarlo? Per levarsene la tentazione, e sentendosi per di piú stanco e nauseato, sia della professione, sia della inutile vita che conduceva in città, decise di chiuder lo studio e si ritirò a vivere in campagna.

Bellavita, trionfante, nella bottega del caffè rammodernata e di nuovo piena di clienti, vantò, finché visse, quel suo nuovo e strepitoso metodo per vendicarsi delle corna. Ma si rammaricava di continuo che, per pochezza d'animo, i tanti cornuti del paese non lo volessero adottare.

IL BOTTONE DELLA PALANDRANA

Non gridarono; non fecero chiasso. A bassa voce, anzi senza voce, l'uno di fronte all'altro, prima l'uno e poi l'altro, si sputarono in faccia l'accusa:

— Spia!

— Ladro!

E seguitarono cosí — spia! ladro! — come se non volessero piú finire, allungando ogni volta il collo, come fanno i galli a pinzare, e pigiando a mano a mano sempre piú, l'uno su l'*i* di spia, l'altro su l'*a* di ladro.

Gli alberetti, affacciati di qua e di là dai muri di cinta che incassavano quella viuzza stretta e sassosa tra i campi, pareva stessero a godersi la scena.

Perché quelli di qua sapevano da qual parte del muro Meo Zezza s'era poc'anzi collato; quelli di là, dove don Filiberto Fiorinnanzi si teneva prima nascosto.

E di qua e di là, passeri, cince e beccafichi, quasi n'avessero avuto il segnale dagli alberetti in vedetta, accompagnavano con un coro di sfrenata ilarità quell'aspra rissa sottovoce, a petto a petto, ferma ancora su quelle due parole, che invece di levarsi sú, acute, si stiracchiavano pigiate sempre piú dallo sprezzo:

— Spiiia!

— Laaadro!

— Spiiiia!

— Laaaadro!

E alla fine, quando entrambi sentirono di essersi raschiata la gola e credettero d'aver ciascuno impresso su la grinta dell'altro, indelebilmente, il marchio d'infamia contenuto in quella parola tante volte e con tanta veemenza ripetuta, si voltarono le spalle, e Meo Zezza prese di qua e don Filiberto Fiorinnanzi di là, frementi, ansimanti, schizzando faville dagli occhi, stirandosi il collo in sú, il panciotto in giú, e ripetendo, fra il tremolío delle labbra aride, quello: — Spia... spia... spia... — e questo: — Ladro... ladro... ladro...

Ultimi guizzi della fiammata.

Ma l'ira e lo sdegno si riaccesero in don Filiberto Fiorinnanzi, appena varcata la soglia di casa.

Spia, lui?

Si sentiva tutto insozzato da quella parola; e si levò, sbuffando, la palandrana.

Spia, un galantuomo, perché s'accorge di un ladro, che da tant'anni ruba a man salva?

E, con le mani che ancora gli ballavano, si mise a spazzolar la palandrana, prima di riporla nell'armadio.

Ma a chi e quando aveva lui denunziato i furti continuati di quel ladro? Non aveva mai aperto bocca con nessuno, mai! Si era solamente contentato, fino a poco tempo fa, di fissarlo: ecco, sí, di guatare Meo Zezza in un certo modo speciale, quando costui, sempre tutto fremente di calda bestialità festosa, gli s'appressava e, con un lustro sguajato negli occhi e nei denti, accennava con le manacce paffute e pelose di toccarlo qua e là.

Rigido, interito, egli aveva schivato quei toccamenti, e con una grave opaca durezza di sguardo nei grossi occhi sempre un po' ingialliti dalle continue bili che si pigliava, gli aveva chiaramente significato, che s'era accorto e sapeva.

— Ladro… ladro… — andava ancora ripetendo aggirandosi per la stanza, in maniche di camicia, e tastando qua e là con dita ignare e malferme questo e quell'oggetto.

Alla fine sedette stanco morto, appiè del letto, e si mise a guardare la candela, come se gli paresse strano che essa quietamente ardesse sul comodino da notte e lo invitasse, come ogni sera, ad andare a letto.

Non si ricordava d'averla accesa.

Finí di spogliarsi; si cacciò sotto le coperte; ma per quella notte non poté chiudere occhio.

Da molti anni, dopo molte e intricatissime meditazioni, credeva d'essere riuscito a darsi una spiegazione sufficiente di tutte le cose; a sistemarsi insomma il mondo per suo conto; e pian piano s'era messo a camminarci dentro, non molto sicuro, no, anzi con l'animo sempre un po' sospeso e pericolante, nell'aspettativa d'una qualche improvvisa violenza, che glielo buttasse all'aria tutt'a un tratto, sgarbatamente.

S'era da un pezzo costituito esempio a tutti di compostezza e di misura, nel trattar gli affari, nelle discussioni che si facevano al circolo o nei caffè, in tutti gli atti, nel modo anche di vestire e di camminare. E Dio sa quanto doveva costargli tenere anche d'estate rigorosamente abbottonata quella sua palandrana vecchiotta, sí, ma piena di gravità e di decoro, e regger sú ritto quel suo testone inteschiato e venoso sul lungo collo esilissimo per sostenere la rigida austerità del portamento.

Voleva che il suo sguardo, il suo mostrarsi a ogni bisogno fossero tacito ammonimento o muta riprensione; specchio, sostegno, intoppo, consiglio. È vero che, sempre, per paura che lo specchio fosse appannato dai fiati brutali della plebe, o che il sostegno fosse scalzato con qualche spintone che lo mandasse a schizzar lontano, soleva tenersi alquanto discosto; ma pur sempre restava con tutto il corpo a far atto di volersi appressare e parare e moderare, secondo i casi.

Soffriva indicibilmente nelle dita vedendo qualcuno andar per via con la giacca sbottonata o col giro della cravatta fuori del colletto; avrebbe pagato lui, di sua borsa, un operajo per dare una mano di vernice allo zoccolo dello sporto nella bottega di faccia al caffè, rifatto nuovo e lasciato lí di legno grezzo; e ogni sera se ne tornava oppresso e sbuffante dalla passeggiata fino in fondo al viale all'uscita del paese, dopo aver constatato, che ancora (dopo tanti mesi) dal Municipio non era venuto l'ordine di rimettere un vetro rotto all'ultimo lampione di quel viale. Come se tutt'intorno l'universo s'imperniasse in quel lampione rotto, don Filiberto Fiorinnanzi non aveva piú pace.

L'incuria, la rilassatezza altrui lo offendevano; se protratte, lo esacerbavano, ma, a poco a poco, per quietarsi, per salvare quella sua sistemazione dell'universo, si metteva a escogitar scuse e attenuanti a quell'incuria, a quella rilassatezza. E ci riusciva alla fine; ma con questo: che la sistemazione, a mano a mano, accogliendo quelle scuse e quelle attenuanti, perdeva di rigidità, s'ammolliva, pencolava di qua e di là; e don Filiberto si vedeva da un altro canto costretto a darsi pena per tenerla sú, a furia di rincalzi, ora da una parte, ora dall'altra.

Santo Dio, era giunto finanche ad ammettere che si potesse rubare! Sí, ma con una certa discrezione, almeno; per modo che il ladro salisse a poco a poco nella stima e nel rispetto della gente onesta e desse tempo a considerare che dopo tutto forse non è tanto ladro il ladro, quanto imbecille chi si lascia rubare.

Il caso di Meo Zezza era veramente grave. In pochissimo tempo costui era saltato sú, coi denari rubati, a pretendere, a imporre una considerazione che gli doveva assolutamente esser negata; a trattare confidenzialmente, a tu per tu, con chi per nascita, per età, per educazione doveva essergli e restargli superiore. E poi qua non si poteva in nessun modo ammettere che fosse imbecille il padrone a cui Meo Zezza rubava. Si sapeva anzi a Forni, che il marchese Di Giorni-Decarpi amministrava i suoi vastissimi beni cosí esemplarmente, che ogni anno gli alunni delle scuole commerciali erano condotti dai loro professori a studiare il congegno di quell'amministrazione come un modello del genere.

Circa trent'anni fa, il padre del Marchese aveva rischiato tutti i suoi capitali nella grande impresa del prosciugamento delle paludi dell'Irbio, ed era morto prima di veder l'esito felice dell'impresa. Il figliuolo, giovanissimo, ora si godeva in città la rendita d'una delle piú estese e ubertose tenute del mezzogiorno d'Italia. Non era mai venuto neppure una volta a visitarla, è vero; ma il merito dell'amministrazione era suo. La tenuta era divisa in settori; ogni settore, con a capo un ministro, comprendeva dieci poderi. Uno dei ministri era Meo Zezza.

Come mai una cosí specchiata amministrazione non si rendeva conto dei furti continuati e cosí esorbitanti di quel cagliostro? Saltavano agli occhi di tutti; e lui stesso lo Zezza, lui stesso, con la sua espansiva spontaneità di bestia impudente, quasi non ne faceva piú mistero.

Levatosi la mattina appresso, con negli orecchi ancora il fischio di quella parola: *spia*, don Filiberto Fiorinnanzi fece animo risoluto. Serrò i denti; serrò le pugna. Doveva aver fine, perdio, una cosí enorme sconcezza, una siffatta oltracotanza.

Spia? Ebbene, sí, spia. Raccoglieva la sfida. Avrebbe steso una formale denunzia di tutti i furti perpetrati da colui in tanti anni.

Ci lavorò una decina di giorni. Quando alla fine ne venne a capo, si chiuse piú rigidamente che mai nell'austera palandrana, e senza punto nascondersi, con la denunzia sotto il braccio, prese posto nella vettura che conduceva alla stazione ferroviaria, e partí per la città.

Appena giunto, si recò difilato all'amministrazione del marchese Di Giorni-Decarpi.

Subito, entrando, si sentí compreso di tanta riverenza e ammirazione, che non solo non si ebbe a male delle molte difficoltà che gli furono opposte per esser ricevuto dal signor Marchese, ma anzi se ne compiacque assai e le approvò tutte e vi si sottomise con infiniti inchini e sorrisi di beatitudine.

Era il regno dell'ordine, quello! L'interno d'un orologio. Tutto lucido e preciso. Usceri in livrea; scale di marmo, corridoj da potercisi specchiare, con magnifiche guide, illuminati a luce elettrica, riscaldati a termosifone; e per tutto tabelle: Sezione I, Sezione II, Sezione III, e a ogni uscio l'indicazione dell'ufficio. L'illustrissimo signor Marchese non concedeva udienza se non nei giorni fissati e nelle ore fissate: il mercoledí e il sabato, dalle 10 alle 11: e, per essere ammessi a quelle udienze, bisognava farne domanda due giorni avanti, riempiendo un modulo a stampa sul primo tavolino della seconda stanza della segreteria particolare, al primo piano, Sezione I, secondo corridojo a destra. Per chi avesse fretta e non potesse aspettare quei giorni fissati, c'era l'ufficio delle comunicazioni urgenti, nello stesso piano, alla stessa Sezione, primo corridojo a sinistra, uscio terzo.

— No no, ah no no... — disse don Filiberto.

Le comunicazioni, ch'egli aveva da fare, non erano tanto urgenti quanto gravi, e voleva farle al Marchese direttamente.

— Viene apposta da Forni? — gli domandò il capo-usciere.

— Sissignore, da Forni, apposta.

— Ma oggi è giovedí.

— Non fa nulla. Se questa è la regola, aspetterò fino a sabato, alle dieci.

Il capo-uscere si rivolse allora a un ragazzotto anch'esso in livrea.

— Va' sú a prendere un modulo!

Ma don Filiberto Fiorinnanzi non volle assolutamente permetterlo.

— No no, scusi, che c'entra? Vado io, vado io.

E risalí a riempire il modulo a stampa sul primo tavolino della seconda stanza della segreteria particolare, al primo piano, Sezione I, secondo corridojo a destra.

Si preparò in quei due giorni all'udienza, raccogliendo come a un supremo cimento tutte le sue facoltà mentali. Un esordio, breve, perché certo il Marchese non poteva aver tempo d'ascoltare parole che non si riferissero a fatti; ma egli doveva pure, innanzi tutto, dichiarare l'animo e le ragioni che lo movevano a quella denunzia; poi, punto per punto, avrebbe esposto i fatti. Era felice di mettere a servizio l'opera sua, disinteressatamente, contro quel ladro che con tanta pervicacia s'accaniva a imbrogliare un ordine di cose cosí maravigliosamente costituito.

La mattina del sabato, dieci minuti prima dell'ora fissata, si trovò nell'anticamera della segreteria particolare. Era il primo iscritto e, appena scoccate le dieci, fu introdotto alla presenza del Marchese.

Era costui un omettino a cui la raffinata eleganza dell'abito non riusciva a togliere, anzi accresceva una certa ispida acerbità campagnuola. La spalliera del seggiolone su cui stava seduto innanzi alla scrivania gli superava d'un palmo la testa. Inchinò appena il capo in risposta al profondo ossequio del visitatore; con la mano gli fe' cenno di sedere; poi poggiò un gomito sul bracciuolo e abbassò la fronte sulla palma, nascondendovi un occhio.

L'altro occhio, armato da una rigida caramella cerchiata di tartaruga, don Filiberto Fiorinnanzi se lo vide piantare in faccia con una fissità cosí dura e ostile e persistente, che sentí gelarsi il sangue nelle vene e imbrogliarsi in bocca le parole del breve esordio con tanto studio preparato.

Quell'occhio diffidava; quell'occhio non credeva al disinteresse; quell'occhio severissimamente lo ammoniva a non dir cosa che non avesse prova e fondamento nei fatti, e con inflessibile acume scrutava attraverso ogni parola che gli usciva con tremore dalle labbra.

Se non che, a un certo punto, il Marchese si tolse la mano dalla fronte, e scoprí l'altro occhio: un languido, melenso occhio svogliato, un occhio che, per cosí dire, sbadigliava e che si rivolgeva al visitatore, come a chieder pietà.

Don Filiberto Fiorinnanzi si sentí a un tratto crollare in fondo allo stomaco tutte le viscere sospese.

Quell'occhio, quell'occhio che gli aveva incusso tanto terrore, era... era dunque finto? di vetro? Ah Dio, sí, di vetro. E dunque il Marchese, tenendo coperto quello vero, non solo non lo aveva finora cosí terribilmente fissato e scrutato e minacciato, ma neppure s'era curato di veder chi fosse entrato a parlargli; e forse non aveva neanche ascoltato nulla di quanto egli con tanta trepidazione gli aveva detto.

— Vengo... signor Marchese... vengo ai fatti... — balbettò tutto smorto e smarrito.

— Ecco, sí, mi faccia questa grazia, — miagolò il Marchese.

E posando il pugno, ora, sulla scrivania, vi appoggiò la fronte. Non si rimosse piú da quella positura. Don Filiberto Fiorinnanzi poteva supporre che dormisse. Alla fine, alzò la fronte dal pugno; disse:

— Permette?

E stese la mano a ricevere il foglio della denunzia. Lo scorse sbadatamente; poi si cacciò una mano in tasca, ne trasse un mazzetto di chiavi, aprí un cassetto dello stipo accanto alla scrivania, ne prese una carta, la pose accanto al foglio, e su questo con un lapis turchino si mise a far brevi segni di richiamo, a mano a mano che leggeva in quella. Quand'ebbe terminato, senza dir nulla, porse a don Filiberto Fiorinnanzi il suo foglio segnato e quella carta tratta dallo stipo.

Don Filiberto, perplesso, imbalordito, guardò l'uno e l'altra, poi il Marchese, poi di nuovo il suo foglio e quella carta, e s'accorse che in questa erano già esposti, quasi con lo stesso ordine, tutti i furti dello Zezza, ch'egli era venuto a denunziare.

— Ah dunque... — disse, appena poté rinvenire dallo sbalordimento, — ah, dunque a Vostra Signoria... a Vostra Signoria Illustrissima... erano già noti...

— Come vede, — lo interruppe freddamente il Marchese. — E anzi, se ella guarda piú attentamente nella mia carta, vedrà che ci son noverati molti altri furti che non si trovano nella sua denunzia.

— Già... già... vedo... vedo... — riconobbe piú che mai smarrito nello stupore, don Filiberto. — Ma dunque...

Il piccolo Marchese tornò ad appoggiare il gomito sul bracciuolo e a nascondersi con la mano l'occhio sano, stanco e svogliato.

— Caro signore, — sospirò, — e che vuole che me n'importi?

La terribile fissità dell'occhio di vetro, armato della caramella cerchiata di tartaruga, fece un contrasto orribile con la stanchezza di questo sospiro.— Sono cose, — seguitò, — che esorbitano dalla mia amministrazione.

— Esorbitano?

— Già. Noi qua dobbiamo guardare e guardiamo Zezza ministro. Come tale, lo abbiamo trovato sempre ineccepibile. Zezza uomo non ci riguarda, caro signore. Dirò di piú: è per noi anzi un vantaggio, che egli sia cosí ladro, o piuttosto cosí desideroso di arricchirsi. Mi spiego. Agli altri ministri che si tengono paghi, piú o meno, al loro stipendio soltanto, non preme affatto che i poderi rendano qualche cosa di piú di quello che potrebbero rendere. Preme invece allo Zezza, perché, oltre che a noi, essi debbono rendere anche a lui. E il risultato è questo: che nessuno dei settori ci rende tanto quanto quello di cui Zezza è ministro.

— Ma dunque… — fece ancora una volta, come in un singhiozzo, don Filiberto.

— Oh, dunque, — ripigliò alzandosi per licenziarlo il Marchese, — io la ringrazio tanto, a ogni modo, caro signore, dell'incomodo che Ella ha voluto prendersi; quantunque… oh Dio, sí… forse avrebbe potuto immaginarsi che a una amministrazione come la mia questi fatti non potevano restare ignoti. Questi e altri, com'Ella ha potuto vedere. Ma a ogni modo, io la ringrazio e me le professo gratissimo. Si stia bene, caro signore.

Don Filiberto Fiorinnanzi uscí stordito, stonato, insensato addirittura, dalla sede dell'amministrazione.

— E dunque…

La conclusione l'aveva in mano.

Un bottone della palandrana. Sentendo parlare a quel modo il Marchese, se l'era tante volte rigirato sul petto, quel bottone, che esso alla fine gli s'era staccato e gli era rimasto tra le dita.

Ma, ormai, a che gli serviva piú? Poteva bene andar per via con la palandrana sbottonata, e anche svoltata, con le maniche alla rovescia, e anche col cappello assettato sotto sopra sul capo.

L'universo, ormai, per don Filiberto Fiorinnanzi era tutto quanto e per sempre scombussolato.

MARSINA STRETTA

Di solito il professor Gori aveva molta pazienza con la vecchia domestica, che lo serviva da circa vent'anni. Quel giorno però, per la prima volta in vita sua, gli toccava d'indossar la marsina, ed era fuori della grazia di Dio.

Già il solo pensiero, che una cosa di cosí poco conto potesse mettere in orgasmo un animo come il suo, alieno da tutte le frivolezze e oppresso da tante gravi cure intellettuali, bastava a irritarlo. L'irritazione poi gli cresceva, considerando che con questo suo animo, potesse prestarsi a indossar quell'abito prescritto da una sciocca consuetudine per certe rappresentazioni di gala con cui la vita s'illude d'offrire a se stessa una festa o un divertimento.

E poi, Dio mio, con quel corpaccio d'ippopotamo, di bestiaccia antidiluviana…

E sbuffava, il professore, e fulminava con gli occhi la domestica che, piccola e boffice come una balla, si beava alla vista del grosso padrone in quell'insolito abito di parata, senz'avvertire, la sciagurata, che mortificazione dovevano averne tutt'intorno i vecchi e onesti mobili volgari e i poveri libri nella stanzetta quasi buja e in disordine.

Quella marsina, s'intende, non l'aveva di suo, il professor Gori. La prendeva a nolo. Il commesso d'un negozio vicino glien'aveva portate su in casa una bracciata, per la scelta; e ora, con l'aria d'un compitissimo *arbiter elegantiarum*, tenendo gli occhi semichiusi e sulle labbra un sorrisetto di compiacente superiorità, lo esaminava, lo faceva voltare di qua e di là, — *Pardon! Pardon!* —, e quindi concludeva, scotendo il ciuffo:

— Non va.

Il professore sbuffava ancora una volta e s'asciugava il sudore.

Ne aveva provate otto, nove, non sapeva piú quante. Una piú stretta dell'altra. E quel colletto in cui si sentiva impiccato! e quello sparato che gli strabuzzava, già tutto sgualcito, dal panciotto! e quella cravattina bianca inamidata e pendente, a cui ancora doveva fare il nodo, e non sapeva come!

Alla fine il commesso si compiacque di dire:

— Ecco, questa sí. Non potremmo trovar di meglio, creda pure, signore.

Il professor Gori tornò prima a fulminar con uno sguardo la serva, per impedire che ripetesse: — *Dipinta! Dipinta!* —; poi si guardò la marsina, in considerazione della quale, senza dubbio, quel commesso gli dava del signore: poi si rivolse al commesso:

— Non ne ha piú altre con sé?

— Ne ho portate sú dodici, signore!

— Questa sarebbe la dodicesima?

— La dodicesima, a servirla.

— E allora va benone!

Era piú stretta delle altre. Quel giovanotto, un po' risentito, concesse:

— Strettina è, ma può andare. Se volesse aver la bontà di guardarsi allo specchio...

— Grazie tante! — squittí il professore. — Basta lo spettacolo che sto offrendo a lei e alla mia signora serva.

Quegli, allora, pieno di dignità, inchinò appena il capo, e via, con le altre undici marsine.

— Ma è credibile? — proruppe con un gemito rabbioso il professore, provandosi ad alzar le braccia.

Si recò a guardare un profumato biglietto d'invito sul cassettone, e sbuffò di nuovo. Il convegno era per le otto, in casa della sposa, in via Milano. Venti minuti di cammino! Ed erano già le sette e un quarto.

Rientrò nella stanzetta la vecchia serva che aveva accompagnato fino alla porta il commesso.

— Zitta! — le impose subito il professore. — Provate, se vi riesce, a finir di strozzarmi con questa cravatta.

— Piano piano... il colletto... — gli raccomandò la vecchia serva. E dopo essersi forbite ben bene con un fazzoletto le mani tremicchianti, s'accinse all'impresa.

Regnò per cinque minuti il silenzio: il professore e tutta la stanza intorno parvero sospesi, come in attesa del giudizio universale.

— Fatto?

— Eh... — sospirò quella.

Il professor Gori scattò in piedi, urlando:

— Lasciate! Mi proverò io! Non ne posso piú!

Ma, appena si presentò allo specchio, diede in tali escandescenze, che quella poverina si spaventò. Si fece, prima di tutto, un goffo inchino; ma, nell'inchinarsi, vedendo le due falde aprirsi e subito richiudersi, si rivoltò come un gatto che si senta qualcosa legata alla coda; e, nel rivoltarsi, *trac!*, la marsina gli si spaccò sotto un'ascella.

Diventò furibondo.

— Scucita! scucita soltanto! — lo rassicurò subito, accorrendo, la vecchia serva. — Se la cavi, gliela ricucio!

— Ma se non ho piú tempo! — urlò, esasperato, il professore. — Andrò cosí, per castigo! Cosí... Vuol dire che non porgerò la mano a nessuno. Lasciatemi andare.

S'annodò furiosamente la cravatta; nascose sotto il pastrano la vergogna di quell'abito; e via.

Alla fin fine, però, doveva esser contento, che diamine! Si celebrava quella mattina il matrimonio d'una sua antica allieva, a lui carissima: Cesara Reis, la quale, per suo mezzo, con quelle nozze, otteneva il premio di tanti sacrifizii durati negli interminabili anni di scuola.

Il professor Gori, via facendo, si mise a pensare alla strana combinazione per cui quel matrimonio s'effettuava. Sí; ma come si chiamava intanto lo sposo, quel ricco signore vedovo che un giorno gli s'era presentato all'Istituto di Magistero per avere indicata da lui una istitutrice per le sue bambine?

— Grimi? Griti? No, Mitri! Ah, ecco, sí: Mitri, Mitri.

Cosí era nato quel matrimonio. La Reis, povera figliuola, rimasta orfana a quindici anni, aveva eroicamente provveduto al mantenimento suo e della vecchia madre, lavorando un po' da sarta, un po' dando lezioni particolari: ed era riuscita a conseguire il diploma di professoressa. Egli, ammirato di tanta costanza, di tanta forza d'animo, pregando, brigando, aveva potuto procacciarle un posto a Roma, nelle scuole complementari. Richiesto da quel signor Griti…

— Griti, Griti, ecco! Si chiama Griti. Che Mitri! — gli aveva indicato la Reis. Dopo alcuni giorni se l'era veduto tornar davanti afflitto, imbarazzato. Cesara Reis non aveva voluto accettare il posto d'istitutrice, in considerazione della sua età, del suo stato, della vecchia mamma che non poteva lasciar sola e, sopra tutto, del facile malignare della gente. E chi sa con qual voce, con quale espressione gli aveva dette queste cose, la birichina!

Bella figliuola, la Reis: e di quella bellezza che a lui piaceva maggiormente: d'una bellezza a cui i diuturni dolori (non per nulla il Gori era professore d'italiano: diceva proprio cosí «*i diuturni dolori*») d'una bellezza a cui i diuturni dolori avevano dato la grazia d'una soavissima mestizia, una cara e dolce nobiltà.

Certo quel signor Grimi…

— Ho gran paura che si chiami proprio Grimi, ora che ci penso!

Certo quel signor Grimi, fin dal primo vederla, se n'era perdutamente innamorato. Cose che capitano, pare. E tre o quattro volte, quantunque senza speranza, era tornato a insistere, invano; alla fine, aveva pregato lui, il professor Gori, lo aveva anzi scongiurato d'interporsi, perché la signorina Reis, cosí bella, cosí modesta, cosí virtuosa, se non l'istitutrice diventasse la seconda madre delle sue bambine. E perché no? S'era interposto, felicissimo, il professor Gori, e la Reis aveva accettato: e ora il matrimonio si celebrava, a dispetto dei parenti del signor... Grimi o Griti o Mitri, che vi si erano opposti accanitamente:

— E che il diavolo se li porti via tutti quanti! — concluse, sbuffando ancora una volta, il grosso professore.

Conveniva intanto recare alla sposa un mazzolino di fiori. Ella lo aveva tanto pregato perché le facesse da testimonio; ma il professore le aveva fatto notare che, in qualità di testimonio, avrebbe dovuto poi farle un regalo degno della cospicua condizione dello sposo, e non poteva: in coscienza non poteva. Bastava il sacrifizio della marsina. Ma un mazzolino, intanto, sí, ecco. E il professor Gori entrò con molta titubanza e impacciatissimo in un negozio di fiori, dove gli misero insieme un gran fascio di verdura con pochissimi fiori e molta spesa.

Pervenuto in via Milano, vide in fondo, davanti al portone in cui abitava la Reis, una frotta di curiosi. Suppose che fosse tardi; che già nell'atrio ci fossero le carrozze per il corteo nuziale, e che tutta questa gente stesse lí per assistere alla sfilata. Avanzò il passo. Ma perché tutti quei curiosi lo guardavano a quel modo? La marsina era nascosta dal soprabito. Forse... le falde? Si guardò dietro. No: non si vedevano. E dunque? Che era accaduto? Perché il portone era socchiuso?

Il portinajo, con aria compunta, gli domandò:

— Va sú per il matrimonio, il signore?

— Sí, signore. Invitato.

— Ma... sa, il matrimonio non si fa piú.

— Come?

— La povera signora... la madre...

— Morta? — esclamò il Gori, stupefatto, guardando il portone.

— Questa notte, improvvisamente.

Il professore restò lí, come un ceppo.

— Possibile! La madre? La signora Reis?

E volse in giro uno sguardo ai radunati, come per leggere ne' loro occhi la conferma dell'incredibile notizia. Il mazzo di fiori gli cadde di mano. Si chinò per raccattarlo, ma sentí la scucitura della marsina allargarsi sotto l'ascella, e rimase a metà. Oh Dio! la marsina... già! La marsina per le nozze, castigata cosí a comparire ora davanti alla morte. Che fare? Andar sú, parato a quel modo? tornare indietro? – Raccattò il mazzo, poi, imbalordito, lo porse al portinajo.

— Mi faccia il piacere, me lo tenga lei.

Ed entrò. Si provò a salire a balzi la scala; vi riuscí per la prima branca soltanto. All'ultimo piano – maledetto pancione! – non tirava piú fiato.

Introdotto nel salottino, sorprese in coloro che vi

stavano radunati un certo imbarazzo, una confusione subito repressa, come se qualcuno, al suo entrare, fosse scappato via; o come se d'un tratto si fosse troncata un'intima e animatissima conversazione.

Già impacciato per conto suo, il professor Gori si fermò poco oltre l'entrata; si guardò attorno perplesso; si sentí sperduto, quasi in mezzo a un campo nemico. Eran tutti signoroni, quelli: parenti e amici dello sposo. Quella vecchia lí era forse la madre; quelle altre due, che parevano zitellone, forse sorelle o cugine. S'inchinò goffamente. (Oh Dio, daccapo la marsina...) E, curvo, come tirato da dentro, volse un altro sguardo attorno, quasi per accertarsi se mai qualcuno avesse avvertito il crepito di quella maledettissima scucitura sotto l'ascella. Nessuno rispose al suo saluto, quasi che il lutto, la gravità del momento non consentissero neppure un lieve cenno del capo. Alcuni (forse intimi della famiglia) stavano costernati attorno a un signore, nel quale al Gori, guardando bene, parve di riconoscere lo sposo. Trasse un respiro di sollievo e gli s'appressò, premuroso.

— Signor Grimi...

— Migri, prego.

— Ah già, Migri... ci penso da un'ora, mi creda! Dicevo Grimi, Mitri, Griti... e non m'è venuto in mente Migri! Scusi... Io sono il professor Fabio Gori, si ricorderà... quantunque ora mi veda in...

— Piacere, ma... — fece quegli, osservandolo con fredda alterigia; poi, come sovvenendosi: — Ah, Gori...

già! lei sarebbe quello... sí, dico, l'autore... l'autore, se vogliamo, indiretto del matrimonio! Mio fratello m'ha raccontato...

— Come, come? scusi, lei sarebbe il fratello?

— Carlo Migri, a servirla.

— Favorirmi, grazie. Somigliantissimo, perbacco! Mi scusi, signor Gri... Migri, già, ma... ma questo fulmine a ciel sereno... Già! Io purtroppo... cioè, purtroppo no: non ho da recarmelo a colpa diciamo... – ma, sí, indirettamente, · per combinazione, diciamo, ho contribuito...

Il Migri lo interruppe con un gesto della mano e si alzò.

— Permetta che la presenti a mia madre.

— Onoratissimo, si figuri!

Fu condotto davanti alla vecchia signora, che ingombrava con la sua enorme pinguedine mezzo canapè, vestita di nero, con una specie di cuffia pur nera su i capelli lanosi che le contornavano la faccia piatta, giallastra, quasi di cartapecora.

— Mamma, il professor Gori. Sai? quello che aveva combinato il matrimonio di Andrea.

La vecchia signora sollevò le pàlpebre gravi sonnolente, mostrando, uno piú aperto e l'altro meno, gli occhi torbidi, ovati, quasi senza sguardo.

— In verità, — corresse il professore, inchinandosi questa volta con trepidante riguardo per la marsina scucita, — in verità, ecco... combinato no: non... non sarebbe la parola... Io, semplicemente...

— Voleva dare un'istitutrice alle mie nipotine, — compí la frase la vecchia signora, con voce cavernosa. — Benissimo! Cosí difatti sarebbe stato giusto.

— Ecco, già... — fece il professor Gori. — Conoscendo i meriti, la modestia della signorina Reis.

— Ah, ottima figliuola, nessuno lo nega! — riconobbe subito, riabbassando le pàlpebre, la vecchia signora. — E noi, creda, siamo oggi dolentissimi...

— Che sciagura! Già! Cosí di colpo! — esclamò il Gori.

— Come se non ci fosse veramente la volontà di Dio, — concluse la vecchia signora.

Il Gori la guardò.

— Fatalità crudele...

Poi, guardando in giro per il salotto, domandò:

— E il signor Andrea?

Gli rispose il fratello, simulando indifferenza:

— Ma... non so, era qui, poco fa. Sarà andato forse a prepararsi.

— Ah! — esclamò allora il Gori, rallegrandosi improvvisamente. — Le nozze dunque si faranno lo stesso?

— No! che dice mai! — scattò la vecchia signora, stupita, offesa. — Oh Signore Iddio! Con la morta in casa? Ooh!

— Oooh! — echeggiarono, miagolando, le due zitellone con orrore.

— Prepararsi per partire, — spiegò il Migri. — Doveva partire oggi stesso con la sposa per Torino. Abbiamo le nostre cartiere lassú, a Valsangone; dove c'è tanto bisogno di lui.

— E... e partirà... cosí? — domandò il Gori.

— Per forza. Se non oggi, domani. L'abbiamo persuaso noi, spinto anzi, poverino. Qui, capirà, non è piú prudente, né conveniente che rimanga.

— Per la ragazza... sola, ormai... — aggiunse la madre con la voce cavernosa. — Le male lingue...

— Eh già, — riprese il fratello. — E poi gli affari... Era un matrimonio...

— Precipitato! — proruppe una delle zitellone.

— Diciamo improvvisato, — cercò d'attenuare il Migri. — Ora questa grave sciagura sopravviene fatalmente, come... sí, per dar tempo, ecco. Un differimento s'impone... per il lutto... e... E cosí si potrà pensare, riflettere da una parte e dall'altra...

Il professor Gori rimase muto per un pezzo. L'impaccio irritante che gli cagionava quel discorso, cosí tutto sospeso in prudenti reticenze, era pur quello stesso che gli cagionava la sua marsina stretta e scucita sotto l'ascella. Scucito allo stesso modo gli sembrò quel discorso e da accogliere con lo stesso riguardo per la scucitura segreta, col quale era proferito. A sforzarlo un po', a non tenerlo cosí composto e sospeso, con tutti i debiti riguardi, c'era pericolo che, come la manica della marsina si sarebbe staccata, cosí anche si sarebbe aperta e denudata l'ipocrisia di tutti quei signori.

Sentí per un momento il bisogno d'astrarsi da quell'oppressione e anche dal fastidio che, nell'intontimento in cui era caduto, gli dava il merlettino bianco, che orlava il collo della casacca nera della vecchia signora. Ogni qual volta vedeva un merlettino bianco come quello, gli si riaffacciava alla memoria, chi sa perché, l'immagine d'un tal Pietro Cardella, merciajo del suo paesello lontano, afflitto da una cisti enorme alla nuca. Gli venne di sbuffare; si trattenne a tempo, e sospirò, come uno stupido:

— Eh, già... Povera figliuola!

Gli rispose un coro di commiserazioni per la sposa. Il professor Gori se ne sentí all'improvviso come sferzare, e domandò, irritatissimo:

— Dov'è? Potrei vederla?

Il Migri gl'indicò un uscio nel salottino:

— Di là, si serva...

E il professor Gori vi si diresse furiosamente.

Sul lettino, bianco, rigidamente stirato, il cadavere della madre, con un'enorme cuffia in capo dalle tese inamidate.

Non vide altro, in prima, il professor Gori, entrando. In preda a quell'irritazione crescente, di cui, nello stordimento e nell'impaccio, non riusciva a rendersi esatto conto, con la testa che già gli fumava, anziché commuoversene, se ne sentí irritare, come per una cosa veramente assurda: stupida e crudele soperchieria della sorte che, no, perdio, non si doveva a nessun costo lasciar passare!

Tutta quella rigidità della morta gli parve di parata, come se quella povera vecchina si fosse stesa da sé, là, su quel letto, con quella enorme cuffia inamidata per prendersi lei, a tradimento, la festa preparata per la figliuola, e quasi quasi al professor Gori venne la tentazione di gridarle:

— Sú via, si alzi, mia cara vecchia signora! Non è il momento di fare scherzi di codesto genere!

Cesara Reis stava per terra, caduta sui ginocchi; e tutta aggruppata, ora, presso il lettino su cui giaceva il cadavere della madre, non piangeva piú, come sospesa in uno sbalordimento grave e vano. Tra i capelli neri, scarmigliati, aveva alcune ciocche ancora attorte dalla sera avanti in pezzetti di carta, per farsi i ricci.

Ebbene, anziché pietà, provò anche per lei quasi dispetto il professor Gori. Gli sorse prepotente il bisogno di tirarla su da terra, di scuoterla da quello sbalordimento. Non si doveva darla vinta al destino, che favoriva cosí iniquamente l'ipocrisia di tutti quei signori radunati nell'altra stanza! No, no: era tutto preparato, tutto pronto; quei signori là erano venuti in marsina come lui per le nozze: ebbene, bastava un atto di volontà in qualcuno; costringere quella povera fanciulla, caduta lí per terra, ad alzarsi; condurla, trascinarla, anche cosí mezzo sbalordita, a concludere quelle nozze per salvarla dalla rovina.

Ma stentava a sorgere in lui quell'atto di volontà, che con tanta evidenza sarebbe stato contrario alla volontà di tutti quei parenti. Come Cesara, però, senza muovere il capo, senza batter ciglio, levò appena una mano ad accennar la sua mamma lí distesa, dicendogli: — Vede, professore? — il professore ebbe uno scatto, e:

— Sí, cara, sí! — le rispose con una concitazione quasi astiosa, che stordí la sua antica allieva. — Ma tu àlzati! Non farmi calare, perché non posso calarmi! Àlzati da te! Subito, via! Sú, sú, fammi il piacere!

Senza volerlo, forzata da quella concitazione, la giovane si scosse dal suo abbattimento e guardò, quasi sgomenta, il professore:

— Perché? — gli chiese.

— Perché, figliuola mia… ma àlzati prima! ti dico che non mi posso calare, santo Dio! — le rispose il Gori.

Cesara si alzò. Rivedendo però sul lettino il cadavere della madre, si coprí il volto con le mani e scoppiò in violenti singhiozzi. Non s'aspettava di sentirsi afferrare per le braccia e scrollare e gridare dal professore, piú che mai concitato:

— No! no! no! Non piangere, ora! Abbi pazienza, figliuola! Da' ascolto a me!

Tornò a guardarlo, quasi atterrita questa volta, col pianto arrestato negli occhi, e disse:

— Ma come vuole che non pianga?

— Non devi piangere, perché non è ora di piangere, questa, per te! — tagliò corto il professore. — Tu sei rimasta sola, figliuola mia, e devi ajutarti da te! Lo capisci che devi ajutarti da te? Ora, sí, ora! Prendere tutto il tuo coraggio a due mani: stringere i denti e far quello che ti dico io!

— Che cosa, professore?

— Niente. Toglierti, prima di tutto, codesti pezzetti di carta dai capelli.

— Oh Dio, — gemette la fanciulla, sovvenendosene, e portandosi subito le mani tremanti ai capelli.

— Brava, cosí! — incalzò il professore. — Poi andar di là a indossare il tuo abitino di scuola; metterti il cappellino, e venire con me!

— Dove? che dice?

— Al Municipio, figliuola mia!

— Professore, che dice?

— Dico al Municipio, allo stato civile, e poi in chiesa! Perché codesto matrimonio s'ha da fare, s'ha da fare ora stesso; o tu sei rovinata! Vedi come mi sono conciato per te? In marsina! E uno dei testimoni sarò io, come volevi tu! Lascia di qua la tua povera mamma; non pensare piú a lei per un momento, non ti paja un sacrilegio! Lei stessa, la tua mamma, lo vuole! Da' ascolto a me: va' a vestirti! Io dispongo tutto di là per la cerimonia: ora stesso!

— No... no... come potrei? — gridò Cesara, ripiegandosi sul letto della madre e affondando il capo tra le braccia, disperatamente. — Impossibile, professore! Per me è finita, lo so! Egli se ne andrà, non tornerà piú, mi abbandonerà... ma io non posso... non posso...

Il Gori non cedette; si chinò per sollevarla, per strapparla da quel letto; ma come stese le braccia, pestò rabbiosamente un piede, gridando:

— Non me n'importa niente! Farò magari da testimonio con una manica sola, ma questo matrimonio oggi si farà! Lo comprendi tu... — guardami negli occhi! — lo comprendi, è vero? che se ti lasci scappare questo momento, tu sei perduta? Come resti, senza piú il posto, senza piú nessuno? Vuoi dar colpa a tua madre della tua rovina? Non sospirò tanto, povera donna, questo tuo matrimonio? E vuoi ora che, per causa sua, vada a monte? Che fai tu di male? Coraggio, Cesara! Ci sono qua io: lascia a me la responsabilità di quello che fai! Va', va' a vestirti, va' a vestirti, figliuola mia, senza perder tempo...

E, cosí dicendo, condusse la fanciulla fino all'uscio della sua cameretta, sorreggendola per le spalle. Poi riattraversò la camera mortuaria, ne serrò l'uscio, e rientrò come un guerriero nel salottino.

— Non è ancora venuto lo sposo?

I parenti, gl'invitati si voltarono a guardarlo, sorpresi dal tono imperioso della voce; e il Migri domandò con simulata premura:

— Si sente male la signorina?

— Si sente benone! — gli rispose il professore guardandolo con tanto d'occhi. — Anzi ho il piacere d'annunziare a lor signori che ho avuto la fortuna di persuaderla a vincersi per un momento, e soffocare in sé il cordoglio. Siamo qua tutti; tutto è pronto; basterà – mi lascino dire! – basterà che uno di loro… lei, per esempio, sarà tanto gentile — (aggiunse, rivolgendosi a uno degli invitati) — mi farà il piacere di correre con una vettura al Municipio e di prevenire l'ufficiale dello stato civile, che…

Un coro di vivaci proteste interruppe a questo punto il professore. Scandalo, stupore, orrore, indignazione!

— Mi lascino spiegare! — gridò il professor Gori, che dominava tutti con la persona. — Perché questo matrimonio non si farebbe? Per il lutto della sposa, è vero? Ora, se la sposa stessa…

— Ma io non permetterò mai, — gridò piú forte di lui, troncandogli la parola, la vecchia signora, — non permetterò mai che mio figlio…

— Faccia il suo dovere e una buona azione? — domandò, pronto, il Gori, compiendo lui la frase questa volta.

— Ma lei non stia a immischiarsi! — venne a dirgli, pallido e vibrante d'ira, il Migri in difesa della madre.

— Perdoni! M'immischio, — rimbeccò subito il Gori, — perché so che lei è un gentiluomo, caro signor Grimi…

— Migri, prego!

— Migri, Migri, e comprenderà che non è lecito né onesto sottrarsi all'estreme esigenze d'una situazione come questa. Bisogna esser piú forti della sciagura che colpisce quella povera figliuola, e salvarla! Può restar sola, cosí, senza ajuto e senz'alcuna posizione ormai? Lo dica lei!

No: questo matrimonio si farà non ostante la sciagura, e non ostante... abbiano pazienza!

S'interruppe, infuriato e sbuffante: si cacciò una mano sotto la manica del soprabito; afferrò la manica della marsina e con uno strappo violento se la tirò fuori e la lanciò per aria. Risero tutti, senza volerlo, a quel razzo inatteso, di nuovo genere, mentre il professore, con un gran sospiro di liberazione seguitava:

— E non ostante questa manica che mi ha tormentato finora!

— Lei scherza! — riprese, ricomponendosi, il Migri.

— Nossignore: mi s'era scucita.

— Scherza! Codeste sono violenze.

— Quelle che consiglia il caso.

— O l'interesse! Le dico che non è possibile, in queste condizioni...

Sopravvenne per fortuna lo sposo.

— No! No! Andrea, no! — gli gridarono subito parecchie voci, di qua, di là.

Ma il Gori le sopraffece, avanzandosi verso il Migri.

— Decida lei! Mi lascino dire! Si tratta di questo: ho indotto di là la signorina Reis a farsi forza; a vincersi, considerando la gravità della situazione, in cui, caro signore, lei l'ha messa e la lascerebbe. Piacendo a lei, signor Migri, si potrebbe, senz'alcuno apparato, zitti zitti, in una vettura chiusa, correre al Municipio, celebrare subito il matrimonio... Lei non vorrà, spero, negarsi. Ma dica, dica lei...

Andrea Migri, cosí soprappreso, guardò prima il Gori, poi gli altri, e infine rispose esitante:

— Ma… per me, se Cesara vuole…

— Vuole! vuole — gridò il Gori, dominando col suo vocione le disapprovazioni degli altri. — Ecco finalmente una parola che parte dal cuore! Lei, dunque, venga, corra al Municipio, gentilissimo signore!

Prese per un braccio quell'invitato, a cui s'era rivolto la prima volta; lo accompagnò fino alla porta. Nella saletta d'ingresso vide una gran quantità di magnifiche ceste di fiori, arrivate in dono per il matrimonio, e si fece all'uscio del salotto per chiamare lo sposo e liberarlo dai parenti inviperiti, che già l'attorniavano.

— Signor Migri, signor Migri, una preghiera! Guardi…
Quegli accorse.

— Interpretiamo il sentimento di quella poverina. Tutti questi fiori, alla morta… Mi ajuti!

Prese due ceste, e rientrò cosí nel salotto; reggendole trionfalmente, diretto alla camera mortuaria. Lo sposo lo seguiva, compunto, con altre due ceste. Fu una subitanea conversione della festa. Piú d'uno accorse alla saletta, a prendere altre ceste, e a recarle in processione.

— I fiori alla morta; benissimo; i fiori alla morta!

Poco dopo, Cesara entrò nel salotto, pallidissima, col modesto abito nero della scuola, i capelli appena ravviati, tremante dello sforzo che faceva su se stessa per contenersi. Subito lo sposo le corse incontro, la raccolse tra le braccia, pietosamente. Tutti tacevano. Il professor

Gori, con gli occhi lucenti di lagrime, pregò tre di quei signori che seguissero con lui gli sposi, per far da testimoni e s'avviarono in silenzio.

La madre, il fratello, le zitellone, gl'invitati rimasti nel salotto, ripresero subito a dar sfogo alla loro indignazione frenata per un momento, all'apparire di Cesara. Fortuna, che la povera vecchia mamma, di là, in mezzo ai fiori, non poteva piú ascoltare questa brava gente che si diceva proprio indignata per tanta irriverenza verso la morte di lei.

Ma il professor Gori, durante il tragitto, pensando a ciò che, in quel momento, certo si diceva di lui in quel salotto, rimase come intronato, e giunse al Municipio, che pareva ubriaco: tanto che, non pensando piú alla manica della marsina che s'era strappata, si tolse come gli altri il soprabito.

— Professore!

— Ah già! Perbacco! — esclamò, e se lo ricacciò di furia.

Finanche Cesara ne sorrise. Ma il Gori, che s'era in certo qual modo confortato, dicendo a se stesso che, in fin dei conti, non sarebbe piú tornato lí tra quella gente, non poté riderne: doveva tornarci per forza, ora, per quella manica da restituire insieme con la marsina al negoziante da cui l'aveva presa a nolo. La firma? Che firma? Ah già! sí, doveva apporre la firma come testimonio. Dove?

Sbrigata in fretta l'altra funzione in chiesa, gli sposi e i quattro testimonii rientrarono in casa.

Furono accolti con lo stesso silenzio glaciale.

Il Gori, cercando di farsi quanto piú piccolo gli fosse possibile, girò lo sguardo per il salotto e, rivolgendosi a uno degli invitati, col dito sú la bocca, pregò:

— Piano piano... Mi saprebbe dire di grazia dove sia andata a finire quella tal manica della mia marsina, che buttai all'aria poc'anzi?

E ravvolgendosela, poco dopo, entro un giornale e andandosene via quatto quatto, si mise a considerare che, dopo tutto, egli doveva soltanto alla manica di quella marsina stretta la bella vittoria riportata quel giorno sul destino, perché, se quella marsina, con la manica scucita sotto l'ascella, non gli avesse suscitato tanta irritazione, egli, nella consueta ampiezza dei suoi comodi e logori abiti giornalieri, di fronte alla sciagura di quella morte improvvisa, si sarebbe abbandonato senz'altro, come un imbecille, alla commozione, a un inerte compianto della sorte infelice di quella povera fanciulla. Fuori della grazia di Dio per quella marsina stretta, aveva invece trovato, nell'irritazione, l'animo e la forza di ribellarvisi e di trionfarne.

IL MARITO DI MIA MOGLIE

Il cavallo e il bue, ho letto una volta in un libro, di cui non ricordo piú né il titolo né l'autore, – *il cavallo e il bue...*

Ma sarà meglio lasciarlo stare, il bue. Citiamo il cavallo soltanto.

Il cavallo – dunque, – *che non sa di dover morire, non ha metafisica. Ma se il cavallo sapesse di dover morire, il problema della morte diventerebbe alla fine, anche per lui, piú grave assai di quello della vita.*

Trovare il fieno e l'erba è, certo, gravissimo problema. Ma dietro questo problema sorge l'altro: «Perché mai, dopo aver faticato venti, trenta anni per trovare il fieno e l'erba, dover morire, senza sapere per qual ragione si è vissuto?».

Il cavallo non sa di dover morire, e non si fa di queste domande. All'uomo però, che – secondo la definizione di Schopenhauer – è un animale metafisico (che appunto vuol dire un animale che sa di dover morire), quella domanda sta sempre davanti.

Ne segue, se non m'inganno, che tutti gli uomini dovrebbero sinceramente congratularsi col cavallo. E tanto piú quelli animali metafisici che, malati, per esempio, come me, non solo sanno di dover morire tra breve, ma anche ciò che accadrà in casa loro, dopo la loro morte, e senza potersene adontare.

I residui non sono mai limpidi. L'umor vitale agli sgoccioli s'inacidisce vie piú, di giorno in giorno, dentro di me. E voglio, riempiendo questi pochi foglietti di carta, procurarmi la soddisfazione sapor d'acqua di mare (soddisfazione che pur non sentirò) di far conoscere a mia moglie, che avevo tutto preveduto.

L'idea m'è nata questa mattina. E m'è nata perché mia moglie m'ha sorpreso nel corridojo, dietro l'uscio del salotto, cheto e chinato a spiare per il buco della serratura.

— O tu che non sei geloso, — mi gridò, — che stai a far lí? To', guarda! Ti sei finanche tolte le scarpe, per non far rumore.

Mi guardai i piedi. — Scalzi! — era vero. E mia moglie intanto rideva fragorosamente. Che dire? Balbettai sciocchissime scuse: che non spiavo affatto, che solo per curiosità m'ero spinto a guardare: non avevo piú sentito il pianoforte; non avevo veduto andar via il maestro, e cosí...

Ma giuro che le scarpe (con rispetto parlando) me l'ero tolte da un pezzo, senza intenzione. Mi fanno male. E lei, la mia cara Eufemia che mi ha sorpreso lí scalzo, dovrebbe sapere perché mi fanno male, e non riderne, almeno davanti a me. Ho gli edemi ai piedi e, per ingannare il tempo, me li tasto: li premo, vi affondo una ditata e poi sto a guardare come a poco a poco rivenga sú.

Ciò non toglie però che non abbia commesso una imperdonabile sciocchezza.

Ma se lo sapevo, ma se lo so, che mia moglie non può soffrirlo, quel suo maestro di musica! E poi sono certo, certissimo che – finché vivo – ella non mi tradirà. Non mi ha tradito in tanti anni, e dovrebbe confondersi per un altro pajo di mesi – e poniamo – quattro, sei? Ma no: ella avrebbe pazienza, ne son sicuro, anche se tirassi avanti, cosí, ancora un anno.

E poi, lo conosco, lo conosco bene il marito – (futuro) – di mia moglie! E anche per lui potrei metter le mani sul fuoco che non mi farà il minimo torto, finché il naso mi fumica.

È, s'intende, un mio carissimo amico. Ottimo giovine.

Giovine, poi, veramente, non tanto. Quarant'anni, quasi l'età mia. Ma già, io, come se n'avessi cento; mentre lui, solido, ben piantato nella vita, come in un bosco una quercia; e poi dotato, come dicevano gli antichi, «di tutte quelle buone parti che a fare un perfetto marito si ricercano»: castigati costumi, generosa e gentilissima natura.

Lo provano le cure che ha per me.

Quasi ogni giorno, per dirne una, viene con la vettura per farmi prendere una boccata d'aria. Mi dà il braccio e m'ajuta a scendere pian pianino la scala, obbligandomi a sostare sui pianerottoli, a ogni branca, fin tanto che lui non abbia contato fino a cento; poi mi tasta il polso per sentirne la repenza, mi guarda negli occhi, mi domanda dolcemente:

— Proseguiamo?

— Proseguiamo.

E cosí via, fino in fondo, pian pianino, pian pianino. Per risalire, dopo la scarrozzata, – egli da una parte, il portinajo dall'altra – mi portano sú in sedia.

Mi sono ribellato, ma invano. Non posso, è vero, far sette scalini di fila, che l'ansito non mi sopravvenga insopportabile; ma ecco: vorrei che l'amico non si pigliasse tanto fastidio; che il portinajo si facesse almeno ajutare da qualcun altro... Che! Florestano, se gli fosse possibile, vorrebbe portarmi sú lui solo, senza ajuto. Via, in fin de' conti, non peso molto (sí e no, quarantacinque chilogrammi, con tutti gli edemi); e poi penso: servendo me, vuol guadagnarsi la felicità futura. Lasciamolo fare!

Anche mia moglie Eufemia, dall'altro canto, è quasi felice di soffrire per me, e piú vorrebbe, per guadagnarsi anche lei, di fronte alla propria coscienza, il diritto di goder dopo, senz'alcun rimorso. Onesto diritto, onestissimo compenso, che né la vita né la coscienza possono negarle, e di cui io, ripeto, non debbo adontarmi.

Confesso tuttavia che, piú volte, m'avviene quasi quasi di desiderare che l'uno e l'altra siano due birbaccioni matricolati. L'onestà dei loro propositi, la squisitezza dei loro sentimenti, diventa spesso per me la piú raffinata delle crudeltà, poiché io, non potendo in nessun modo ribellarmi a quanto avverrà senz'alcun dubbio dopo la mia morte, mi vedo costretto, per esempio, tante volte, a tirarmi tra le gambe il mio piccino, l'unico mio figlioletto, e a mettermi a insegnargli d'amare, d'aver rispetto filiale per colui che sarà fra poco suo secondo padre, e ad ammonirlo perché cerchi di non dargli mai causa, che abbia a lamentarsi di lui. E gli dico:

— Vedi, Carluccio mio: tu hai le manine sporche. Come t'ha detto jeri zio Florestano, quando t'ha veduto una cenciata d'inchiostro sul nasino? T'ha detto: «Lavati, Carluccio, o ti catturano, sai!». Non è mica vero, però: zio Florestano scherza. Oggi non costuma piú mandare in galera chi ha le mani sporche. Ma tu lavatele a ogni modo, perché zio Florestano ama i bambini puliti. Egli è tanto buono e ti vuol tanto bene, Carluccio mio; e anche tu, sai, devi volergliene tanto tanto; e ubbidirlo, sai! sempre; e lasciarlo sempre contento di te. Hai capito, figlietto mio?

E gli magnifico tutti i regalucci ch'egli, per far piacere a Eufemia, gli porta. Il povero piccino mio segue i miei consigli, e già lo venera. L'altro giorno, per esempio, Florestano se lo portò a spasso, e, al ritorno, mi raccontò ridendo che, mentre camminavano insieme, traversando la piazza piena di sole, a un certo punto Carluccio mise un grido, s'arrestò e gli domandò tutt'afflitto:

— T'ho fatto male, zio Florestano?

— No, Carluccio. Perché?

E il mio piccino, ingenuamente:

— T'ho pestato l'ombra, zio Florestano.

Eh via, no: fino a questo punto, no, povero Carluccio mio! Sei stato proprio sciocchino. L'ombra, vedi, l'ombra si può calpestare: zio Florestano e la mammina tua la calpesteranno un giorno l'ombra di tuo papà sicuri di non fargli male, poiché, in vita, si saranno guardati bene dal pestargli anche un piede.

Che gara di compitezze fra noi tre! E che grazioso martirio, intanto. Da povero malato, io vorrei lasciarmi andare come vien viene; invece, mi vedo costretto a tenermi sú, per pesare quanto meno sia possibile su loro, che altrimenti m'userebbero tanti altri riguardi, tante altre premure che mi fanno ribrezzo, talvolta, anzi orrore. Avrò torto. Ma questo spettacolo della nostra squisita civiltà, delle nostre continue cerimonie, davanti alla soglia della morte, mi sembra una stomachevole pagliacciata. Coi guanti gialli, e infinite cortesie, mi vedo dolcemente sospinto da loro fino a questa soglia; e ora mi sembra che mi s'inchinino e mi dicano con un sorriso grazioso sulle labbra:

— Passi pure. Buon viaggio! E stia sicuro, sa, che noi ci ricorderemo sempre sempre di lei, cosí buono, cosí prudente e ragionevole!

Mi hanno insegnato che bisogna esser sinceri. Sinceri? Ma la sincerità, per me, a questo punto, vorrebbe dire senz'altro: *uccidere*. Dio me ne guardi! Chi mi trattiene?

Parliamo un po' sul serio. Se io non avessi fede, se io non credessi in Dio, davvero; se credessi invece che la morte sia limite anche all'anima d'ogni avvenire, e che, mancandomi la terra sotto i piedi, il vuoto e null'altro m'accoglierà, credete che Florestano io non lo ammazzerei?

Quando penso, certe notti, nell'insonnia, che egli si coricherà nel mio letto, al posto mio, lí, con tutti i miei diritti su mia moglie e su le cose mie: quando penso che nel lettuccio della camera accanto il figlietto mio, l'orfanello mio, qualche notte forse si metterà a piangere e chiamerà la mamma sua, e penso che egli a mia moglie che vorrà accorrere a vedere che cos'ha il piccino mio che piange, forse dirà: — «*Ma no, cara, lascialo piangere; non scendere dal letto; ti raffredderai!*» — io, Florestano, vi giuro, lo ammazzerei!

Invece, ogni notte, seduto presso la finestra, me ne sto quieto quieto a contemplare il cielo, a lungo. C'è una stellina piccola piccola lassú, a cui tengo fissi gli occhi e a cui dico spesso, sospirando:

— Aspettami, verrò!

E ad Eufemia, che è figlia d'un libero pensatore e ostenta di non credere in Dio, ripeto spesso:

— Sciocca, credici: Dio esiste. E ringrazialo, sai? Ringrazialo.

Eufemia mi guarda, come se le paresse strano che io, Luca Lèuci, possa dirle cosí, io che – secondo lei – non avrei davvero alcun obbligo di crederci, poiché Dio mi tratta male, facendomi morire cosí presto. Ma lo ringrazierà, quando le verranno tra mano questi pochi foglietti di carta, se ama di cuore il suo Florestano.

Intendo bene che l'unica è di morir presto, qua. Vedo certe volte Florestano che con gli occhi e coi sospiri si sforza di far capace mia moglie dei desiderii che lo tormentano, pover'uomo! M'immagino allora mia moglie col bel capo biondo reclinato vezzosamente sull'ampio petto quadro di lui, nell'atto di carezzargli appena appena, stirando in sú con due dita, i lunghi peli rossicci del magnifico pajo di baffi... Oh voluttà! Pazienza anche tu, cara Eufemia mia! E certe paroline di notte, come le hai dette a me, abbracciata con me, le dirai presto, le dirai anche a lui, senza quasi sapere di dirle:

— Tesoro mio... Ah, caro... sí, sí... Caro, caro...

Mi vien da ridere, da ridere. Tutti e due allora, maravigliati, mi domandano perché ho riso: io dico un motto di spirito, e Florestano osserva:

— Tu *sarai vecchio*, caro Lèuci, e sempre cosí celione!

Ma spesso anche non riesco a esser *celione*, come dice l'amico mio. L'arguzia, senza volerlo, mi diventa mordace, e allora Florestano, in vettura con me, ci soffre a sentirmi parlare. Io gli dico:

— Se non fosse un brutto posto, ti proporrei, caro Florestano, di metterti un momentino al posto mio. T'assicuro che ti farebbe lo stesso effetto curioso che fa a me questo poter vedere la vita cosí, come resterà per gli altri, nella certezza che tra poco, forse mentre stai a dirlo, essa per te finirà; e il poter pensare ciò che gli altri faranno ragionevolmente, quando tu non sarai piú.

Parlo chiaro; ma Florestano finge di non comprendere. E io continuo:

— Caro Florestano, io so, per esempio, la corona di porcellana che verrai a depormi sulla fossa, quando vi giacerò.

Florestano mi dà sulla voce, e io allora mi taccio e, cosí magro magro e pallido e afflitto come sono, mi metto a guardare dal cantuccio della vettura che va a passo per gli aerei viali del Gianicolo, questa dolcezza di sole che tramonta; la vita, come la assaporeranno gli altri, anche amara, che importa? questo grosso sanguigno uomo qua, che mi siede accanto e sospira; mia moglie che a casa, in attesa, anche lei sospira: e anche, senza piú me, il mio piccino, che un giorno, presto, non saprà piú chi ero, com'ero!

— Papà...

E Florestano, voltandosi, gli risponderà sgarbato:

— Che vuoi?

Il marito di tua madre, Carluccio, che non è il tuo papà vero. Ci pensi?

Ma la vita pure, Carluccio, è cosí bella... cosí piena...

LA MAESTRINA BOCCARMÈ

Come, passando per un giardino e allungando distrattamente una mano, si bruca un tenero virgulto e se ne sparpagliano in aria le poche foglioline, l'unico fiore; cosí, passando attraverso la vita di Mirina Boccarmè, allora nel suo fiore, un uomo ne aveva fatto scempio per un vano capriccio momentaneo. Fuggita dalla città, se n'era andata in un paesello di mare del Mezzogiorno a far la maestrina.

Erano passati ormai tant'anni.

Appena terminata la scuola del pomeriggio, la maestrina Boccarmè soleva recarsi alla passeggiata del Molo, e là, seduta sulla spalletta della banchina, si distraeva guardando con gli altri oziosi le navi ormeggiate: tre alberi e brigantini, tartane e golette, ciascuna col suo nome a poppa: «L'Angiolina», «Colomba», «Fratelli Noghera», «Annunziatella», e il nome del porto d'iscrizione: Napoli, Castellammare di Stabia, Genova, Livorno, Amalfi: nomi, per lei che non conosceva nessuna di queste città marinare; ma che, a vederli scritti lí sulla poppa di quelle navi, diventavano ai suoi occhi cose vicine, presenti, d'un lontano ignoto che la faceva sospirare. E ora, ecco, arrivavano le paranze, una dopo l'altra, con le vele che garrivano allegre, doppiando la punta del Molo; ciascuna aveva già pronte e scelte in coperta le ceste della pesca, colme d'alga ancor viva. Tanti accorrevano allo scalo per comperare il pesce fresco per la cena; lei restava a guardar le navi, a interessarsi alla vita di bordo, per quel che ne poteva immaginare a guardarla cosí da fuori.

S'era abituata al cattivo odore che esalava dal grassume di quell'acqua chiusa, sulla cui ombra vitrea, tra nave e nave, si moveva appena qualche tremulo riflesso. Godeva nel vedere i marinaj di quelle navi al sicuro, adesso, là nel porto, senza pensare che a loro forse non pareva l'ora di ritornare a qualche altro porto. E sollevando con gli occhi tutta l'anima a guardare nell'ultima luce la punta degli alti alberi, i pennoni, il sartiame, provava in sé, con una gioja ebbra di freschezza e uno sgomento quasi di vertigine, l'ansia del tanto, tanto cielo, e tanto mare che quelle navi avevano corso, partendo da chi sa quali terre lontane.

Cosí fantasticando, talvolta, illusa dall'ombra che si teneva come sospesa in una lieve bruma illividita sul mare ancora chiaro, non s'accorgeva che a terra intanto, là sul Molo, s'era fatto bujo e che già tutti gli altri se n'erano andati, lasciandola sola a sentire piú forte il cattivo odore dell'acqua nera sulla spiaggia, che alla calata del sole s'incrudiva.

La lanterna verde del Molo s'era già accesa in cima alla tozza torretta bianca; ma faceva da vicino un lume cosí debole e vano, che pareva quasi impossibile si dovesse poi veder tanto vivo da lontano. Chi sa perché, guardandolo, la maestrina Boccarmè avvertiva una pena d'indefinito scoramento; e ritornava triste a casa.

Spesso però, la mattina dopo, nell'alba silenziosa, mentre qualche nave con tutte le vele spiegate che non riuscivano a pigliar vento salpava lentamente dal Molo rimorchiata da un vaporino, piú d'un marinajo uscito a respirare per l'ultima volta la pace del porto che lasciava, del paesello ancora addormentato, s'era portata con sé un tratto l'immagine d'una povera donnina vestita di nero che, in quell'ora insolita, dal Molo deserto aveva assistito alla triste e lenta partenza.

Perché piaceva anche, alla maestrina Boccarmè, intenerirsi cosí, amaramente, allo spettacolo di quelle navi che all'alba lasciavano il porto, e s'indugiava lí a sognare con gli occhi alle vele che a mano a mano si gonfiavano al vento e si portavano via quei naviganti, lontano, sempre piú lontano nella luminosa vastità del cielo e del mare, in cui a tratti gli alberi scintillavano come d'argento; finché la campana della scuola non la richiamava al dovere quotidiano.

Quando le scuole erano chiuse per le vacanze estive, la maestrina Boccarmè non sapeva che farsi della sua libertà. Avrebbe potuto viaggiare, coi risparmii di tanti anni; le bastava sognare cosí, guardando le navi ormeggiate nel Molo o in partenza.

Quell'estate, era accorsa molta gente al paesello per la stagione balneare. Una folla che non si camminava, nella passeggiata del Molo. Sfarzi di luce dei magnifici tramonti meridionali, gaj abiti di velo, ombrellini di seta, cappellini di paglia. Signorone mai viste! E le brave donnine del paese, tutte a bocca aperta e con tanto d'occhi ad ammirare. Solo la maestrina Boccarmè, niente: come se nulla fosse stato. Lí, sulla spalletta della banchina, seguitava a guardare i marinai che in qualche nave facevano il lavaggio della coperta, gettandosi allegramente l'acqua dei buglioli addosso, tra salti e corse pazze e gridi e risate.

Se non che, un giorno:

— Mirina!

— Lucilla!

— Tu qua? Sto a guardarti da mezz'ora: «è lei? non è lei?». Mirina mia, come mai?

E quella signorona, tra lo stupore rispettoso delle brave donnine del paese, abbracciò baciò ribaciò la maestrina Boccarmè con la maggiore effusione d'affetto che la soffocante strettura del busto le permise.

La maestrina Boccarmè, cosí colta all'improvviso, aprí appena appena le mani gracili e pallide a un gesto sconsolato e disse:

— È ormai tanto tempo!

L'angustia d'una rassegnazione, forse neanche piú avvertita, le si disegnò, cosí dicendo, agli angoli degli occhi, appena contrasse la pelle del viso per accompagnare quel gesto delle mani con uno squallido sorriso.

— Tu, piuttosto, come mai qui? — soggiunse, quasi volesse, stornando da sé il discorso, stornare anche dalla sua persona tanto mutata, poveramente vestita, la crudele curiosità dell'amica.

E ci riuscí. Solo una sorpresa come quella di ritrovare dopo tant'anni e in quello stato un'antica compagna di collegio, poteva distrarre da sé per un momento la bella signora Valpieri. Richiamata ai suoi casi, non ebbe piú né occhi né un pensiero per l'amica.

— Ah, se sapessi!

E indugiandosi in tanti inutili particolari, senza pensare che Mirina, ignorando luoghi, non conoscendo persone, non avrebbe potuto interessarsene né punto né poco, narrò la sua storia.

Storia dolorosissima, diceva; e sarà stata. Certo i guizzi di luce delle molte gemme che le adornavano le dita toglievano efficacia ai gesti con cui voleva rappresentare le terribili ambasce per le difficoltà nelle quali il marito l'aveva lasciata.

La maestrina Boccarmè, vedendosi guardata con considerazione dalle signore del paese per l'intimità che le dimostrava quella bella signora forestiera, voleva quasi quasi dare a credere a se stessa che realmente quell'intimità tra lei e la Valpieri ci fosse, pur ricordando bene che, nel collegio, non c'era mai stata, e che anzi lei, di umili natali ed entrata in quel collegio gratuitamente, piú che per la freddezza sdegnosa delle compagne ricche aveva crudelmente sofferto per gli astii biliosi di questa

Valpieri, la quale, appartenendo a una nobile famiglia decaduta, non aveva saputo tollerare in cuor suo di vedersi da quelle trattata male e messa a pari con lei.

Ora la Valpieri parlava, parlava, senz'alcun sospetto dell'impressione che gli occhi attenti d'una povera donnina provinciale ricevevano da certe curiose scoperte sul suo viso o nei suoi modi.

— E vedi? Quest'anno qui! — concluse. — Mi son dovuta contentare di venire per i bagni qui! Me li prescrivono i medici e non posso farne a meno. Figúrati se ci sarei venuta, altrimenti! Ah che gente! Che paese, Mirina mia! Come fai a starci? E che colonia estiva! Non c'è uomini; tutte donne; tutte rispettabili madri di famiglia! Dio, Dio, mi sento mancare il fiato! Fortuna che ho trovato te! Ho preso in affitto due, non so come chiamarli, antri, tane, dove provo ribrezzo a mettere i piedi. Le annaffio tutti i giorni con l'acqua d'odore. Mi rovino. E tu che fai qui? Dove abiti? Mi fai veder la tua casa?

— La mia casa? — fece con un sorriso impacciato la maestrina Boccarmè. — Eh, io non ne ho. La casa della scuola. Un anditino, una cameretta (sí, bella ariosa) e una cucinetta, che mi ci posso appena rigirare.

— Me la farai vedere — ripeté l'altra, come se non avesse inteso. — Ah, già! perché tu fai qua la maestra. Già! Non me lo ricordavo piú. Maestra elementare, è vero?

— Sono la direttrice, veramente. Ma insegno anche.

— Sí? Hai tanta pazienza?

— Bisogna averne.

— Oh brava; dunque ne avrai un po' anche per me. Ah, io non ti lascio piú, mia cara. Sarai l'ancora di salvezza di questa povera naufraga.

Si fermò un momento in mezzo alla via e aggiunse scotendo in aria le belle mani inanellate:

— Naufraga davvero, sai! Sú, sú, non pensiamo a malinconie, adesso. Andiamo a casa tua. Quante cose ho da dirti delle nostre compagne di collegio! Ah, ne sentirai di belle! Ma avrai anche tu certamente tante cose da raccontarmi.

— Io? — esclamò la maestrina Boccarmè. — E che vuoi che abbia da raccontarti io?

Avvezza ormai da tant'anni a vivere tutta chiusa in sé, appena una qualche domanda accennava di volerle entrar dentro, la sviava con una risposta evasiva. Pervenuta all'edificio della scuola, disse:

— Ecco, se vuoi entrare…

— Ah, — fece quella, alzando il capo a guardare la tabella sul portoncino. — Stai proprio dentro la scuola?

— Sí; e per entrare in camera mia, vedrai che si deve attraversare una classe: la IV.

— Ah, per questa son brava ancora, forse!

Ed entrando in quella classe, che maraviglie! Guarda! guarda! Le panche allineate, la cattedra, la lavagna, le carte geografiche alle pareti; e quel tanfo particolare della scuola! Volle sedere su una di quelle panche, e, poggiando i gomiti, con la testa tra le mani, sospirò:

— Se sapessi che impressione mi fa!

Varcata poi la soglia della cameretta di Mirina, altre maraviglie! Si mise a batter le mani: che nido di pace! beata solitudine! E, indicando il lettino di ferro, pulitino, con la sua brava coperta a «crocè» fatta in casa e il trasparente e la balza celeste, di mussolina rasata:

— Chi sa che sogni vi fai! Dolci, puri!

Ma disse che lei avrebbe pure avuto una gran paura a dormir sola in una cameretta cosí, con tutte quelle stanze vuote di là, delle classi.

— Ti chiuderai a chiave, m'immagino!

A un tratto, allungando il collo per vedere con l'ajuto dell'occhialetto un ritrattino ingiallito, appeso alla parete, e notando che l'amica, improvvisamente accesa in volto, stava ritta davanti alla scrivania come se volesse appunto nascondere quel ritratto, sorrise e la minacciò col dito furbescamente:

— Ah, mariolina! Anche tu? Lasciamelo vedere.

La scostò dolcemente, ma subito, intravedendo quel ritratto, cacciò un grido. La maestrina Boccarmè si voltò di scatto, impallidendo, e tutt'e due per un istante si guardarono odiosamente negli occhi.

— Mio cugino. Lo conosci?

— Giorgio Novi, tuo cugino?

E la Valpieri si nascose la faccia tra le mani.

— Lo conosci? — insistette la maestrina Boccarmè, con quell'istinto aggressivo, quasi ridicolo, delle bestioline innocue.

Ma la Valpieri, scoprendo la faccia ora tutta alterata, senza neppur curarsi di risponderle, cominciò a smaniare, torcendosi le mani:

— Ah Dio mio, Dio mio! È cosí! Di', ne hai notizie, tu?

— Che vuoi dire?

— È cosí; senza dubbio! Ho ragione, credi, d'essere superstiziosa. Ma perché lo tieni lí, tu, quel vecchio ritratto? Lo hai amato, di' la verità? Eh, lo vedo, poverina. Fu forse tuo fidanzato?

— Sí, — rispose la maestrina Boccarmè, con un filo di voce.

— E lo tieni ancora lí? — insistette crudelmente l'altra. — Ma ringrazia Dio, figliuola mia, d'essertene liberata!

Si premette forte le tempie con le mani, strizzando gli occhi e gemendo: — Dio, Dio, Dio! Anche qui in effigie mi perseguita!

— Ma egli ha moglie, figliuoli — disse, quasi trasecolata, la maestrina Boccarmè.

La Valpieri la guardò con un'aria di commiserazione derisoria:

— Già, per te, c'è la moglie. E tu glielo fai cosí, solitariamente, con quel ritrattino, il tradimento, ho capito! Ma io te ne parlo appunto perché c'è la moglie, e non vorrei essere incolpata domani piú di quanto mi merito.

— Tu? da chi?

— Ma da vojaltri! Non è tuo parente? Ti prego di credere che non si è affatto rovinato per me, come vanno dicendo. È una calunnia.

— Rovinato?

— Ma sí, ma sí: negozii andati a male, spese pazze! Non per me, sta' bene attenta! Io fui tratta in inganno, vigliaccamente. E ora, se egli ha commesso, come temo, qualche pazzia, guarda, me ne lavo le mani, me ne lavo le mani!

— Ah, dunque tu?

— Fui tratta in inganno, ti dico; e ora per giunta mi si calunnia. Viltà sopra viltà. Eppure, vedi che ti dico, gli avrei perdonato, se non mi perseguitasse da quattro mesi come un canaccio arrabbiato. Che vuole da me? Lo compatisco: è impazzito; allo sbaraglio. Ma sono rimasta anch'io Dio sa come, e proprio non posso, non posso venirgli in ajuto. Dio volesse, ci fosse qualcuno che volesse ajutar me!

La maestrina Boccarmè si sentiva soffocare, tra lo stupore e l'angoscia che quelle notizie le cagionavano e il ribrezzo che le incuteva quella svergognata, la quale, senz'alcun ritegno, aveva osato accostarsi a lei davanti a tutti, là sul Molo, e qua, ora, penetrare nella sua intimità per insudiciarle quell'antico verecondo segreto, ch'era stato lo strazio della sua giovinezza ed era adesso, nel ricordo, il conforto e quasi l'orgoglio unico della sua vita.

La Valpieri intanto, interpretando lo sdegno che spirava dagli occhi di lei, non per sé, ma per il Novi, rincarò la dose delle ingiurie contro l'assente, seguitando a dipingersi come una vittima. Disse che il Novi, forse, avrebbe potuto ancora salvarsi, se fosse riuscito a trovare la cauzione che bisognava versare per un modesto impiego: poco: dodici o quindici mila lire. Ma dove trovarle?

— S'ammazzerà, me l'ha scritto! Ora puoi figurarti perché m'ha fatto tanta impressione la vista là del suo ritratto. Oh, lo dà a tutte, sai, codesto vecchio ritratto. L'ha dato anche a me. Altrimenti, non l'avrei certo riconosciuto. Non ha piú capelli, puoi immaginarti! Ma pensa, pensa intanto alla sua disgraziata famiglia!

— La famiglia? — proruppe a questo punto la maestrina Boccarmè, tutt'accesa di sdegno. — Avresti dovuto pensarci prima, mi sembra!

— M'accusi anche tu? E non t'ho detto che egli…

— Sí; ma dopo? Quando sapesti che aveva moglie, figliuoli?

— Eh, troppo tardi, carina! — esclamò la Valpieri, con un gesto sguajato. — Vedo che tu ti riscaldi. Troppo tardi. Capisco che voialtri… Oh Dio, se avessi potuto sospettare che tu… È curioso che il Novi, mai una parola di te, sai! E io sono proprio venuta a cacciarmi…

S'interruppe: guardò la maestrina Boccarmè e scoppiò in una stridula risata.

— Vattene! — le gridò allora la maestrina, fremente, indicandole l'uscio.

— Eh no, via, — fece la Valpieri, ricomponendosi. — Mi scacci davvero?

— Sí! Vattene! Vattene! — ripeté la maestrina Boccarmè, pestando un piede, già con le lagrime agli occhi. — Non posso piú vederti in casa mia!

— Me ne vado, me ne vado da me, — disse la Valpieri alzandosi senza fretta. — Si calmi, si calmi, signora Direttrice!

Prima d'infilar l'uscio si voltò e aggiunse:

— Buoni sospiri e tanti baci al ritrattino!

E scomparve, ripetendo la stridula risata.

La maestrina Boccarmè, appena sola, strappò quel ritrattino dalla parete e lo scagliò con tanta rabbia sulla scrivania, che il vetro della modesta cornicetta di rame si ruppe. Poi, andò a buttarsi sul letto e, affondando il volto sul guanciale, si mise a piangere.

Non tanto per l'onta, no; pianse per la miseria del suo cuore scoperta, derisa e quasi sfregiata; pianse per vergogna di quel che aveva fatto, di quel ritrattino che aveva appeso lí alla parete da tanti anni.

Ma non aveva avuto mai, mai un momento di bene fin dalla fanciullezza; aveva già perduto, non pur la speranza, ma perfino il desiderio d'averne nel tempo che ancora le avanzava; e allora, quasi mendicando un ricordo di vita, era ritornata ai giorni del suo maggior tormento, ai soli giorni in cui pure, per poco, aveva sentito veramente di vivere: e aveva cercato quel ritrattino, gli aveva comperato quella cornicetta da pochi soldi, e non perché lo vedessero gli altri lo aveva appeso lí alla parete, ma per sé, per sé unicamente, quasi per far vedere a se stessa che, mentre forse tant'altre maestrine come lei dicevano senz'esser vero, d'avere avuto anch'esse in gioventú il loro romanzetto sentimentale, lei – eccolo là – lo aveva avuto davvero: c'era stato davvero – eccolo là – un uomo nella sua vita.

Come ne aveva riso quella svergognata! Era quasi niente, sí; un povero ritrattino ingiallito; uno dei soliti romanzetti, che, appunto perché soliti, non commuovono piú nessuno; come se l'esser soliti debba poi impedire di soffrirne a chi li abbia vissuti.

Inesperienza, stupidaggine, da bambina chiusa fin dall'infanzia, prima in un orfanotrofio, poi in un collegio. Ne era uscita da pochi giorni con la patente di maestra, e stava ora nell'attesa angosciosa di un posticino nelle scuole elementari di qualche paesello, privandosi di tutto per pagar la pigione di quello sgabuzzino in città e mantenersi in quell'attesa con le poche centinaja di lire vinte in un concorso di pedagogia, nell'ultimo anno di collegio. Che provvidenza per lei quel concorso! Ma che sgomento, anche, nel vedersi cosí sola e libera, lei vissuta sempre nella clausura! E s'era trovata una mattina, inaspettatamente, cosí sola lí con un giovanotto che subito s'era messo a parlarle con la massima confidenza, dandole del voi e chiamandola «cara cuginetta». E per forza, fin dalla prima volta, aveva preteso ch'ella non stesse a quel modo col mento sul petto e non tormentasse con quelle brutte unghie da scolaretta diligente le trine della manica; sú sú, e che lo guardasse negli occhi, cosí, come guarda chi non ha nulla da temere! Per miracolo non s'era messa a piangere, quella prima volta; e con qual fervore aveva poi pregato la Madonna che non glielo facesse piú rivedere. Ma era ritornato il giorno dopo con un involtino di paste e un mazzolino di fiori, per invitarla ad andare a casa sua: la madre voleva conoscere la nipotina, la figliuola della cara sorella morta da tanti anni. Era andata; e quella zia, squadrandola da capo a piedi, s'era mostrata dolente di non poterla accogliere in casa perché c'era Giorgio – e qui consigli di prudenza – una lunga predica, che ella, interpretando (com'era facile) il sospetto che moveva la zia a parlare, aveva ascoltato col volto avvampato dalla vergogna. Due giorni dopo, Giorgio era tornato a visitarla; e allora lei, tutta impacciata, balbettando, s'era sforzata di fargli intendere che non doveva piú venire. Ma egli aveva accolto con un sorriso la timida preghiera, e il giorno appresso, rieccolo. Questa volta però gli aveva parlato seriamente: o smetteva, o si sarebbe recata a dirlo alla zia. Come prima della preghiera, aveva riso adesso della minaccia: «Andasse pure, anzi tanto meglio! Cosí avrebbe avuto il pretesto di confessare alla madre che egli la amava». Ridendo le dicono gli uomini, queste cose, che a lei in quel punto avevano cagionato tanta angoscia e acceso nel sangue tanto fuoco! Quel giorno stesso aveva cambiato alloggio, senza lasciar traccia di sé. E ricordava le ambasce nella nuova abitazione in quei quindici giorni che passarono prima che egli la scoprisse; l'incerto timore, forse piú di se stessa che di lui, se il non doverlo piú rivedere le rendeva spinosa di tante smanie la solitudine. Non sapeva piú vedersi in quella nuova cameretta, pur tanto piú decente della prima; si recava ogni giorno al collegio a trovare la direttrice che le aveva promesso per il prossimo autunno il posticino. E una sera, appena rientrata, aveva sentito picchiare alla porta e una voce affannata che la scongiurava d'aprire. Quanto, quanto tempo non lo aveva tenuto lí, dietro la porta, tremando di qua e scongiurandolo a sua volta d'andarsene, di lasciarla in pace, di parlar piano per carità, che i vicini non udissero: era una pazzia, un'infamia, comprometterla a quel modo; via, via! che voleva da lei?

A un tratto, poiché egli non smetteva d'insistere e non se ne sarebbe andato, una risoluzione: s'era rimesso il cappellino, aveva aperto la porta: «Eccomi! Usciamo insieme. Vieni, vieni». E qui tutti i ricordi s'accendevano; il cuore già intirizzito s'infocava ancora alla fiamma di quella sera, che tante lagrime versate poi non eran bastate a spegnere. Proprio tra le fiamme le era parso di camminare; sola con lui, a braccetto con lui, per le vie della città. E in mezzo al tramenío, al fragore di quelle vie, distinte le parole ch'egli le sussurrava all'orecchio, premendole il braccio col braccio. Già la chiamava sposina; e cosí sempre, a braccetto, sarebbero andati nella vita. Bisognava ora vincere l'opposizione della madre.

Ritornando verso casa, già tardi, gli aveva strappato la promessa, anzi il giuramento, che la avrebbe accompagnata soltanto fino alla porta; ma il giuramento era a prezzo d'un bacio. No! e come mai? per istrada? Ma egli disse che non aveva inteso fino all'uscio di strada, ma sú, fino in cima alla scala: lí il bacio; e poi, sí, l'avrebbe lasciata prima che lei aprisse la porta: lo aveva giurato. Se non che, dopo il primo bacio, mentre già sola nella cameretta, stordita e tremante di felicità, tentava di spuntarsi il cappellino, ecco di nuovo, attraverso la porta, pian piano, la voce di lui che gliene chiedeva un altro, un altro solo, un altro solo e poi basta: se ne sarebbe andato davvero. E lei, vinta alla fine, dopo aver detto tante volte di no, di no, vinta e costretta dall'imprudenza, dalla petulanza di lui, aveva riaperto la porta.

Fin qui aveva sempre ricordato la maestrina Boccarmè: tutto il bene.

Come precipitando dalla sommità d'una montagna un torrente trascina con sé le pietre che poi nei mesi asciutti ne segnano il corso, cosí lei, precipitando dalla sua felicità, ora che negli occhi le lagrime le si erano inaridite, andava da venti anni sui sassi della via che il precipizio le aveva segnata; andava, e i piedi piú non le dolevano; andava, e gli occhi stanchi della grigia aridità del greto s'erano rivolti a contemplare la sommità da cui era caduta. Il cordoglio s'era sciolto, la disperazione s'era composta in un intenso muto rimpianto del bene perduto; e questo rimpianto a poco a poco, nella squallida desolazione, era divenuto un bene per se stesso, l'unico bene.

Dopo quella notte, egli era scomparso; ella lo aveva atteso parecchi giorni; poi s'era recata dalla madre di lui, la quale, senza volere intendere tutto il male che il figlio aveva fatto, se l'era tenuta qualche tempo con sé; venuta la nomina di maestra la aveva avviata al suo destino.

Vent'anni! Quante navi aveva veduto arrivare nel vecchio molo di quel paesello; quante ne aveva vedute ripartire!

Vestita sempre di nero, dolce, paziente e affettuosa con le bambine della scuola, non solo per il ricordo di quanto aveva sofferto a causa della durezza di certe insegnanti, ma anche perché, femminucce, le considerava destinate piú a soffrire che a godere; con quella combinazione della casa nella stessa scuola, se n'era vissuta appartata da tutti, compensandosi in segreto, con l'immaginazione e con le letture, di tutte le angustie e le mortificazioni che la timidezza le aveva fatto patire. E a poco a poco aveva preso gusto sempre piú a un certo amaro senso della vita che la inteneriva fino alle lagrime talvolta per cose da nulla: se una farfalletta, per esempio, le entrava in camera, di sera, mentre stava a correggere i compiti di scuola, e, dopo aver girato un pezzo attorno al lume, veniva là, sul tavolinetto sotto la finestra, davanti al quale lei stava seduta, a posarlesi lieve lieve sulla mano, come se la notte gliel'avesse mandata per darle un po' di compagnia.

Tra poco avrebbe avuto quarant'anni; e forse sí, il viso le si era un po' sciupato; ma l'anima no; per questo bisogno che aveva di fantasticare in silenzio, di vedere come avvolta nel lontano azzurro d'una favola, lei piccola piccola, tra tutto quel cielo e quel mare, la propria vita.

Guai se non lo avesse sentito piú questo bisogno! Tutte le cose, dentro e attorno, avrebbero perduto ogni senso per lei e ogni valore; e meglio morire allora!

S'alzò dal letto. S'era tutta spettinata, e aveva gli occhi rossi e gonfi dal pianto. S'appressò all'unico specchio della cameretta, lí in un angolo, a bilico nel modestissimo lavabo di ferro smaltato. Si lavò gli occhi, che le bruciavano: prese il pettine per rifarsi i capelli.

Negli anni del collegio, per modestia, ma anche perché le compagne ricche non dicessero che volesse darsi arie da «signorina» per far dimenticare d'esservi stata accolta per carità, aveva tenuto sempre i capelli come all'orfanotrofio, tutti tirati indietro, lisci lisci, senza un nastro, senza un fiocco e annodati stretti alla nuca. E cosí la aveva vista lui, la prima volta, appena uscita di collegio; e che beffe! come per «le brutte unghie da scolaretta diligente». Gliel'aveva poi insegnata lui quella pettinatura che, dopo tant'anni, ella usava ancora; una pettinatura un po' goffa, passata da tanto tempo di moda.

Si sciolse i capelli, senza toccare la scriminatura in mezzo, e lasciò cader le due bande in cui li teneva divisi; prese per la punta prima l'una e poi l'altra banda e con lievi colpettini di pettine in sú cominciò ad aggrovigliolarsele per modo che ai due lati della fronte, sulle tempie e fin sugli orecchi, le si gonfiassero boffici e ricce. Sí: cosí pettinati, i suoi capelli parevano tanti; certo però le incorniciavano male il viso smagrito, già un po' troppo affossato nelle guance; ma cosí erano piaciuti a lui, e non avrebbe saputo pettinarseli altrimenti.

Con quegli occhi ancora gonfi dal pianto e senza quel brio di luce che spesso glieli rendeva arguti e vivaci, si vide come finora non s'era veduta mai; con un infinito avvilimento di pena per quell'immagine con cui per tanto tempo s'era ostinata a rappresentarsi a se stessa. S'accorse che per gli altri non era, non poteva piú essere cosí. E come, allora? Si smarrí; e nuove lagrime, piú brucianti delle prime, le sgorgarono dagli occhi. No! no! Doveva essere ancora cosí! Ancora, passando per le viuzze alte del paesello, popolate d'innumerevoli bambini strillanti, nudi o con la sola camicina sudicia e sbrendolata addosso, ancora voleva esser guardata con amorosa ammirazione da tutte quelle umili mamme delle sue scolarette, che sedevano lí davanti alle porte delle loro casupole e la invitavano, cedendo subito la seggiola, a sedere un po' con loro.

— Oh, guarda! La signora Direttrice!

— Venga qua! Segga qua, signora Direttrice!

Volevano sapere come facesse a incantare le loro bambine con certi discorsi ch'esse non sapevano riferire, ma che dovevano esser belli, sulle api, sulle formichette, sui fiori: cose che non parevano vere. E lei, a quelle loro maraviglie, sorrideva e rispondeva che lei stessa non avrebbe piú saputo ripetere ciò che aveva potuto dire in iscuola per un caso imprevisto, d'un'ape entrata in classe, d'un geranio che improvvisamente s'era acceso nel sole sul davanzale della finestra.

Povera lí, tra povere, aveva in sé questa ricchezza che godeva di darsi alle care animucce delle sue scolarette («figlioline mie» come le chiamava); questa facoltà di commuoversi di tutto, di riconoscere in un sentimento suo, vivo, la gioja d'una fogliolina nuova che si moveva all'aria la prima volta, la tristezza della sua cucinetta quando, dopo cena, s'era spenta, e a veder lo squallore della cenere rimasta nei fornelli, ogni sera le sembrava che si fosse spenta per sempre; quel senso di nuovo, per cui, se un uccellino cantava, sapeva sí che quell'uccellino ripeteva il verso di tutti gli altri della sua famiglia, ma sentiva ch'esso era uno, lui, di cui udiva il verso per la prima volta, formato lí, ora, su quella fronda d'albero o su quella gronda di tetto, per una cosa d'ora, nuova nella vita di quell'uccellino.

S'era salvata cosí dalla disperazione.

E ancora, purtroppo, allorché i suoi doveri di maestra erano compiuti, e finite per la giornata le altre cose da fare, se per un momento la stanchezza la vinceva e vedeva d'un tratto precipitar nel vuoto la sua vita, ancora non era riuscita a liberarsi da certe torbide smanie che l'assalivano e le oscuravano lo spirito; ed erano pensieri cattivi, e sogni anche piú cattivi, la notte. Aver potuto scoprire in sé, nei silenzii infiniti della sua anima, un brulichío cosí vivo di sentimenti, non come una ricchezza propriamente sua, ma del mondo come ella lo avrebbe dato a godere a una creaturina sua; ed esser rimasta nell'angoscia di quella solitudine, cosí staccata per sempre da ogni vita!

S'accorse che s'era fatto bujo nella cameretta e si recò ad accendere il lumetto bianco a petrolio sulla scrivania. Vide il ritrattino scagliato lí sopra con tanta rabbia, e le parve che non lei col suo atto violento avesse rotto il vetro della cornicetta, ma la stridula risata di quella donnaccia. Sentí che non poteva ora raccattare quel ritrattino e che non avrebbe potuto piú riappenderlo alla parete, se prima non risarciva in qualche modo la sua anima dal morso velenoso di quella vipera, dallo sfregio vile di quella risata. Perché lei non era come una che, pur d'ottenere qualcosa, si riceva ingiurie e offese e provi anzi piú vivo nell'umiliazione il godimento della cosa ottenuta. Lei non voleva ottener nulla; lei era nata per dare.

Fissò gli occhi, improvvisamente accesi, e stette un po' come in ascolto. Bisognavano a lui dodici o quindici mila lire, da versare a cauzione d'un modesto impiego: glielo aveva detto colei. Un brivido alla schiena. Raccolse le mani e, figgendosi la punta delle dita tra gli occhi e le sopracciglia, stette un pezzo cosí. Poi, sedendo in fretta davanti alla scrivania, cavò di tasca la chiave del cassetto; lo aprí, ne trasse il suo vecchio libretto della Cassa di Risparmio per vedere esattamente quanto avesse messo da parte in tanti anni per la sua vecchiaja, pur sapendo bene che non ammontava a quella cifra. Erano difatti poco piú di dieci mila lire. Ma a potere intanto disporre di quelle dieci…

Provò subito il bisogno di dire a se stessa che non lo faceva per lui, per averne in ricambio qualche cosa. Non voleva niente, lei, piú niente: non che la gratitudine di lui, ma neppure il ricordo: niente! E pensò dapprima di mandar quel denaro senza fargli sapere che glielo mandava lei. Ma poi per fortuna rifletté che con la presenza di quell'altra in paese, lui, certo ormai senza piú memoria di lei, avrebbe potuto supporre che il soccorso gli veniva da quella, a prezzo di chi sa quale vergogna.

No, no: ad evitare che cadesse in un cosí sciagurato equivoco, bisognava purtroppo ch'ella gli scrivesse e gli dicesse che appunto per la presenza della Valpieri nel paese aveva potuto sapere del bisogno di lui; e che gli mandava quel denaro perché lei non avrebbe saputo che farsene, prima di tutto, e poi perché le era caro far rivivere cosí in sé, per sé sola, il ricordo – non di lui, non di lui! – ma di tutto il male e di tutto il bene che le era venuto un giorno da lui. Cosí, ecco. Era la verità.

E cosí, richiamato a questo prezzo dal tempo lontano che lo aveva ingiallito, ravvivato dal sangue di questa nuova ferita, ella avrebbe potuto ora riappendere alla parete il vecchio ritrattino; per sé, unicamente per sé, per sentire ancora, dentro di sé, piú che mai soffuso dell'antica malinconia, il lontano azzurro della sua povera favola segreta, e poter seguitare a guardare con lo stesso animo quel cielo, quel mare, le navi che arrivavano nel vecchio Molo o ne ripartivano all'alba, lente, nel luminoso tremolío di quelle acque distese fino a perdita d'occhio.

Sí, ma se non era l'antico amore a farle da fermento dal piú profondo dell'anima, perché ora quella specie d'ebbrezza che le gonfiava il petto, e quello struggimento che voleva traboccarle in nuove lagrime; non piú brucianti, queste?

Per fortuna lo specchio era là nell'angolo, e la maestrina Boccarmè non vide come s'appuntiva sgraziatamente sulla sua povera bocca appassita quel vezzo che sogliono fare i bambini prima che si buttino a piangere; e il mento, come le tremava.

ACQUA E LÍ

Vi ricordate di Milocca, beato paese, dove non c'è pericolo che la civiltà debba un giorno o l'altro arrivare, guardato com'è dai suoi sapientissimi amministratori? Prevedono costoro, dai continui progressi della scienza, nuove e sempre maggiori scoperte, e lasciano intanto Milocca senz'acqua e senza strade e senza luce. Vi ricordate?

Ebbene, ne ho saputo una nuova, di quel beato paese, e ve la voglio raccontare, anche a costo che vi debba sembrare inverosimile. Ma come volete fare, se no, a conoscere le cose vere?

Dunque ho saputo che a Milocca hanno per medico condotto un tal Calajò, che pare goda nel mondo dei medici (fuori, s'intende, del paese) d'una bella reputazione per certi suoi contributi, come li chiamano, allo studio di non so quali malattie, oggi come oggi, disgraziatamente incurabili.

Ma perché mai può esser fatta la scienza medica? Per essere applicata, crede ingenuamente il dottor Calajò. E lui la applica; come ne ha, del resto, il dovere e come i casi e la discrezione gli consigliano. Basta questo, perché a Milocca sia inviso a tutti: inviso per principio, senza tener conto dell'esito delle sue applicazioni.

Per esser conseguenti, i Milocchesi non dovrebbero mai chiamare al letto dei loro malati il dottor Calajò. E difatti mi consta che non lo chiamano, se non proprio all'ultimo momento, cioè quando finiscono di essere Milocchesi e sono soltanto povere bestie atterrite dalla morte imminente. Di solito, per le malattie lievi (o che in principio credono tali) si servono d'un certo Piccaglione, che tiene in casa la sonnambula, da cui si fa ajutare nelle cure *sui generis* che impartisce ai malati.

Ecco, Piccaglione è proprio il medico che ci vuole per Milocca: non ha laurea; non la pretende a scienziato; non compromette in nessun modo la scienza, dalla quale pubblicamente s'è messo fuori da sé con quella ridicola sonnambula. E servendosi di lui si ha poi questo non disprezzabile vantaggio: che si fa a meno del farmacista; perché Piccaglione, tutta la sua farmacia, la porta in tasca, in una scatola che s'apre come un libro, da una parte e dall'altra scompartita in tante caselline, ciascuna con un tubetto di vetro pieno di pallottoline di zucchero intrise d'alcool con le essenze omeopatiche. Cinque o sei di quelle pallottoline sotto la lingua, e via! Guarigione sicura. Perché poi, quelli che Piccaglione non riesce a guarire con le sue pallottoline, non li uccide mica lui, ma Calajò, sia maledetto una volta e quando l'hanno chiamato!

Nel sentir queste maledizioni al dottor Calajò, Piccaglione, ch'è un omarino alto un braccio ma con un testone di capelli cosí, si guarda le manine che forse incutono ribrezzo anche a lui, da quanto son gracili, e con certi ditini pallidi e pelosi come bruchi. Fa il distratto. Lo domandano d'una cosa e risponde a un'altra.

Le campane delle otto chiese suonano intanto a morto; e il dottor Calajò se ne sta a casa, rintanato.

Non già per paura. Ha la coscienza tranquilla, lui. Chiamato, al solito, all'ultimo momento, ha domandato ai parenti del moribondo se non l'hanno chiamato per isbaglio, invece del prete; e se n'è tornato a casa a studiare.

Ah, se i Milocchesi sapessero dove studia il dottor Calajò! In un palco morto, che piglia luce da un occhio ferrato, il quale, nell'ombra muffida e intanfata, s'apre là in fondo, abbarbagliante.

Per non essere disturbato dal chiasso dei figliuoli, ha allogato lí un tavolinetto coi piedi mozzi; salta sulle passinate del palco, curvo per non battere il capo nella copertura del tetto che pende a capanna, e va a ficcare le gambe lunghe distese sotto quel tavolinetto, sedendo su un'assicella posta fra una trave e l'altra; e in quella bella posizione dura quattro e cinque ore, finché la moglie non viene a chiamarlo, o per qualche rara visita o perché già pronto in tavola; e allora – a levarti ti voglio! con quelle povere gambe che non se le sente piú, intormentite e informicolate da tante ore d'immobilità.

Spesso, se il vento schiude nel terrazzino lo sportello per cui si entra in quel palco morto, i colombi e i piccioni della moglie s'affacciano titubanti a curiosare; grugano impauriti, scrollano il capo, a scatti, per sbirciarlo di traverso; poi si voltano, gli lasciano un segno della loro disapprovazione, e via. E di quelle disapprovazioni lí sono incrostate tutte le travi; ma sono il meno; c'è, piú sensibile, il puzzo lasciato dai gatti, e anche quello dei topi; e poi quell'aria che sa di polvere appassita nell'umido di un'ombra perenne.

Ma Calajò non si scrolla: non avverte nulla, seguita a studiare, senza curarsi né di Piccaglione, né dei Milocchesi: se non lo chiamano, o se lo chiamano all'ultimo momento e muojono come tanti cani.

Già, ma c'è pure a Milocca il farmacista, a cui lozioni e misture, sali e unguenti e veleni e polverine dormono d'un sonno che spesso pare eterno nelle scaffalature della farmacia.

— Eh, lo so, caro dottore, voi dite cosí perché c'è il Municipio che vi paga per stare in ozio, e Piccaglione vi fa comodo. Ma io? Pensate ai vostri libri, voi; ma scusate: c'è un'intera popolazione che dovrebb'essere affidata alle vostre cure; la vedete morire con le pallottoline di quell'impostore in bocca, e non ve ne fate né scrupolo né rimorso? È obbligo vostro sacrosanto difenderla, questa popolazione, difenderla anche se non vuol esser difesa; difenderla contro la sua ignoranza e la sua pazzia! E non vi parlo di me!

Batti oggi e batti domani, il farmacista ha strappato finalmente al dottor Calajò la promessa che farà una formale denunzia al Prefetto contro Piccaglione, perché gli sia interdetto l'esercizio abusivo della professione di medico.

Apriti cielo! Come si sparge per Milocca la notizia di quella denunzia ancora da scrivere, tutto il paese si mette in subbuglio; sindaco, assessori, consiglieri comunali si precipitano infuriati in casa del dottor Calajò a protestare, a minacciare.

E allora il dottor Calajò, che da anni ha lasciato correre, senza mai aprir bocca con nessuno, insorge contro tutti, indignato, e grida che la denunzia non l'ha ancor fatta, ma la farà, e non solo contro Piccaglione, ma anche contro il sindaco e contro la Giunta e il Consiglio municipale, che osano con tanta arroganza e sfacciataggine proteggere un impostore.

Il caso diventa serio, il fermento del paese cresce d'ora in ora. Ma ecco farsi avanti, tranquillo e sorridente, l'omarino col suo gran testone di capelli, e quelle sue schifose gracili manine che si muovono molli molli nell'aria a raccomandar prudenza e pazienza.

Con quel gesto, e zitto, come sicuro del fatto suo, dal caffè sulla piazza lo vedono avviarsi pian piano alla casa del suo nemico. Cava di tasca nel salire la scala un fascio di bigliettini scritti a lapis; e, come il dottor Calajò in persona viene ad aprirgli la porta, prima che abbia tempo di stupirsi della sua visita, gli mette in mano due o tre di quei bigliettini e alza un dito al naso per fargli cenno, da uomo che la sa lunga, di non stare a sprecar fiato inutilmente.

— Leggete; e poi regolatevi come vi pare.

Calajò butta l'occhio su quei bigliettini e:

— Mia moglie? — esclama trasecolato.

Piccaglione, senza scomporsi, risponde:

— Per qualche piccola gastrica occorsa ai vostri figliuoli.

Quello si mette le mani nei capelli, e con gli occhi di chi si sente mancare il terreno sotto i piedi, ripete:

— Mia moglie!

E Piccaglione:

— L'ultimo bigliettino, guardate, non piú tardi di ieri. Interrogatela. Non potrà negare. I vostri figliuoli, dottore, non li ho mai visti, perché i consulti, domande e risposte, sono stati sempre per iscritto, con codesti bigliettini mandati per la donna di servizio, che può esser testimone. Vedete ora voi, se vi sembra piú il caso di far la denunzia. Tanto piú che, i vostri figliuoli, vorrei sbagliare, ma ai sintomi che vostra moglie mi descrive temo purtroppo che abbiano la scarlattina, badate!

E, cosí dicendo, Piccaglione volta le spalle e se ne va.

Calajò resta come basito. Appena può riprender fiato chiama:

— Lucrezia! Lucrezia!

Accorre una povera squallida donna, senz'età, con certi occhi atroci, velati e semichiusi, come se le pàlpebre le pesino, una piú e l'altra meno. Stretta nelle spalle, ha la gobba, dietro, ben segnata dal giubbino verde sbiadito: la gobba delle povere madri sfiancate dalle cure dei figli e della casa.

Ella non nega. Non nega e non si scusa. Dovrebbe accusare, invece; perché quell'uomo che ora piange e si morde le mani dalla rabbia, gridando d'essere stato tradito dalla sua stessa compagna e incolpandola del pericolo mortale che sovrasta ai figliuoli, forse non sa neppur bene quanti siano i suoi figliuoli e chi sia nato prima e chi dopo; non li vede mai; non li ha mai voluti a tavola, perché anche a tavola si porta da leggere e non vuol essere disturbato; potrebbe dire che appunto per questo, per non disturbarlo, gli ha sempre nascosto le lievi infermità dei figliuoli; ma sa che mentirebbe, dicendo cosí, e non lo dice.

La verità è che ella, come tutti i Milocchesi, e anzi con un piú intimo e profondo rancore, vede male la scienza del marito, e ne diffida; lo stima pericoloso, giacché non può non essere per lei una pazzia tutto quel suo accanimento allo studio, là nel palco morto.

Si mette a piangere disperatamente, ma senz'ombra di rimorso, appena egli, nella camera dei bambini, dopo aver loro osservata la gola, si solleva dai lettucci dov'essi giacciono avvampati dalla febbre e con tutte le carnucce prese dal male, e si mette a gridare che sono perduti, perduti, perduti.

Bisogna telegrafare d'urgenza perché dalla città vicina accorra a precipizio un medico munito del siero di Behring. Ha intanto la generosità di non incrudelire sopra la moglie, e non pensa piú ad altro che a salvare, se può, i suoi bambini.

Purtroppo, ogni rimedio è vano. I due bambini, a poche ore di distanza l'uno dall'altro muojono; per fortuna, presto, come fanno gli uccellini.

E allora il dottor Calajò può sperimentare in sé il piú spaventoso dei fenomeni: la coscienza, lucidissima, d'essere impazzito.

Ha l'idea astratta del suo dolore, vale a dire del dolore di un padre che abbia perduto a poche ore di distanza due figliuoli; ma gli pare di non sentire nulla realmente, e che pianga come un commediante sulla scena, per l'idea soltanto della terribile sciagura che gli è toccata; piange, infatti, e si dà del buffone e poi sghignazza e grida che non è vero e che non sente nulla.

Il giovane collega accorso dalla città lo guarda sbigottito e cerca di confortarlo. Conforti che, inutile darli, eppure si danno.

— E ora vedrà, — gli grida Calajò, — ora saranno capaci di dire che li ho uccisi io, i miei figliuoli! Non crede? Ma sí! Mi odiano, mi odiano perché non sono come loro! Qua sono tutti in perpetua attesa di ciò che ci porterà il domani. Qua non si fabbricano case perché domani, domani chi sa come si fabbricheranno le case; non si pensa a illuminare le strade, perché domani chi sa che nuovi mezzi d'illuminazione scoprirà la scienza, domani! E cosí anch'io dovrei stare in attesa del rimedio di domani, s'intende, per tutti coloro che non hanno la morte in bocca; perché quando l'hanno, eh sono vigliacchi allora, e lo vogliono il rimedio d'oggi, e come lo vogliono!

— Ah sí? — fa il giovane collega. — E lei, scusi, perché non si mette a fare il medico come lo vogliono a Milocca? Acqua e lí!

— Come, acqua e lí? — domanda stordito Calajò.

E quello:

— Ma sí, illustre collega, acqua, acqua naturale, tinta in rosso o in verde da qualche sciroppino, e lí!

Ebbene, questo consiglio, dato forse per alleviar con una celia il dolore del padre e dello scienziato, si fissa come un chiodo nel cervello del dottor Calajò un po' stravolto dalla doppia sciagura. Per parecchi giorni s'aggira per casa come una mosca senza capo; ma ogni tanto si ferma e scoppia inattesamente in una fragorosa risata. Anche di notte balza a sedere sul letto per ridere come un matto.

— Acqua e lí! Sicuro! Acqua e lí!

Si vendicherà. E senza rimorsi. Vogliono morire con la bocca dolce, i Milocchesi? Acqua e lí!

La moglie, ridotta com'è un'ombra, non hà piú pace. E, appena viene a sapere che quel giovane medico l'ha fatta lui, per suo conto, la denunzia, e che Piccaglione, per tutta risposta, senza neanche aspettare l'interdizione, ha fatto fagotto e se n'è andato via con la sonnambula, interroga la propria coscienza e sta in angosciosa perplessità se non abbia l'obbligo d'avvertire segretamente i cittadini di Milocca di guardarsi dal marito, a cui ha dato di volta il cervello.

Siamo, finora, a questo punto.

E non so se fin qui, quanto mi è stato riferito come vero, vi sia sembrato verosimile.

L'inverosimile, signori miei, viene adesso; e me ne dispiace cordialmente per la scienza medica. L'inverosimile è che hanno ragione loro, i Milocchesi.

Perché da quando il dottor Calajò, per vendicarsi, s'è messo a dar per ricetta agli ammalati quella sua «acqua e lí», gli ammalati – pajono morti – guariscono tutti.

COME GEMELLE

Un lampadino acceso sotto un ritratto di Pio X rischiarava a mala pena la stanzetta, in cui il marchese don Camillo Righi s'era ritirato per non udir le grida della moglie soprapparto.

Ma gli arrivavano pur lí, quelle grida strazianti, e don Camillo era costretto a turarsi forte gli orecchi con tutt'e due le mani, e ristretto, contratto in sé, come se gli abbajassero dal ventre anche a lui quelle doglie, alzava gli occhi pieni di spasimo e d'avvilimento al ritratto di Sua Santità, il quale col bonario sorriso indulgente dell'ampia faccia pacifica pareva consigliasse calma e rassegnazione, calma e rassegnazione al marchesino, figlio d'una sua vecchia guardia nobile, guardia nobile ora anche lui del suo santo successore.

Don Camillo avrebbe forse seguito quel muto augusto consiglio paterno, se avesse avuto la coscienza tranquilla, se un certo rimorso cioè non gli avesse accresciuto la pena per gli spasimi che in quel momento sopportava la moglie. Né gli riusciva, allora, rintuzzar questo rimorso con tutte quelle considerazioni che, in altro tempo, a mente serena, quando non si sentiva sopra, come ora, lo sdegno divino e la paura del castigo, non solo bastavano a scusare innanzi agli occhi suoi la propria colpa, ma quasi gliela cancellavano del tutto.

Sua moglie, infatti, non era piú, in quel punto, la donna gelida, arcigna, scontrosa, che, per esser lasciata in pace, lo aveva abilitato a cercarsi altrove quel calor d'affetto invano cercato in lei; ma una povera creatura in pericolo che soffriva atrocemente per causa sua, senza poter trovare a quelle sofferenze un compenso, un conforto nell'amore e nella fedeltà di lui.

La pietà non le poteva bastare; e difatti, poc'anzi, ella lo aveva scacciato dalla camera, irritata, non reggendo piú a vederselo davanti cosí compunto e afflitto; e s'era invece stretta, forte forte, alla madre, nicchiando:

— Ah mamma, muojo! Quanto soffro, mamma mia, quanto soffro!

E non poterci far nulla! Gli era sembrata anche bella, in quel momento, cosí trasfigurata dall'orrenda tortura.

Da parecchi minuti le grida erano cessate. In quel silenzio d'attesa angosciosa, balenò a un tratto al Marchese la speranza che il parto fosse avvenuto, finalmente! e uscí a precipizio dallo stanzino. S'imbatté però subito in due cameriere che s'avviavano in fretta alla camera della gestante.

— Ancora?

Gli risposero di sí col capo, senza voltarsi, e via.

Nella vasta sala dal soffitto altissimo, arredata di lugubri mobili antichi, davanti a quella camera, trovò l'ostetrico circondato da altri parenti della moglie, accorsi da poco.

— Doglie stanche, — mormorò il medico. — S'andrà per le lunghe. Ma stia tranquillo, Marchese: nessun pericolo.

Don Camillo tornava a rinchiudersi nello stanzino, quando un servitore gli s'appressò per annunziargli piano, che qualcuno chiedeva di lui.

— Non posso dare ascolto a nessuno, — rispose il Marchese, seccato. — Chi è?

— Un vecchietto, non so. Ha da parlare a Vostra Eccellenza, dice, di cosa grave e che preme.

Don Camillo ebbe un gesto di stizza, comprendendo da chi gli veniva quell'ambasciata.

— Fallo passare, — poi disse.

Quel vecchietto entrò con la titubanza di un pollastro sperduto. Oppresso dalla ricchezza solenne e austera della casa, e non sentendo piú quasi i proprii piedi su gli spessi tappeti, s'inchinava goffamente a ogni passo.

— So chi vi manda, — gli disse piano il Marchese. — Sú, che avete da dirmi?

— Signor Marchese, Eccellenza… la signora Carla…

— Sss… piano!

— Sissignore, dice… se può venire un momentino…

— Ora? Non posso, non posso! ditele che non posso, — rispose smaniosamente il Marchese. — Perché, del resto? Che vuole?

— Le doglie, Eccellenza, — fece timidamente il vecchietto. — Le sono sopravvenute le doglie.

— Anche a lei? Ora? Le doglie anche a lei?

— Sissignore, Eccellenza. Son corso io stesso per la levatrice. Ma Vostra Eccellenza non s'impensierisca: tutto andrà bene, con l'ajuto di Dio.

— Che ajuto di Dio! — scattò don Camillo. — Questo è il diavolo! La Marchesa, di là...

S'interruppe, scosse le mani; strizzò gli occhi. Ah, tutt'e due, castigo di Dio! La moglie e l'amante, nello stesso tempo, castigo di Dio!

— Ma come?... — si provò a domandare, riaprendo gli occhi.

Si vide davanti quel vecchietto imbarazzato e piú che mai smarrito e provò istintivamente il bisogno di levarselo dai piedi.

— Andate, andate, — gli ordinò. — Dite cosí che... se posso... tra poco... Ora andate, andate!

E scappò a rintanarsi nello stanzino semibujo, con la testa tra le mani, come se temesse proprio di perderla, quella sua povera testa. Le gambe, lí, gli mancarono: cadde a sedere su una poltrona e vi si contorse, vi si raggomitolò tutto quasi per nascondersi a se stesso: ira, vergogna, angoscia, rimorso gli fecero tale impeto dentro, che s'addentò un braccio e squassò la testa fino a farsi uno strappo nella manica. Sorse in piedi:

«Ma come?», si domandò di nuovo. «Carla, le doglie? Dunque, ha sbagliato? Dio, che rovina, che rovina, che rovina!»

Gli sovvenne a un tratto che il medico di là gli aveva detto che per la moglie c'era tempo: si recò al guardaroba lí accanto, trasse la pelliccia e il cappello dall'armadio, e uscí di furia, dicendo al servitore:

— Torno subito!

Appena fuori si cacciò in una vettura, gridando al vetturino l'indirizzo:

— San Salvatore in Lauro, 13.

Un quarto d'ora dopo era nella vecchia piazzetta solitaria. Salí a sbalzi la scala. La porta, all'ultimo piano, era accostata.

Fatti pochi passi nella saletta d'ingresso al bujo, don Camillo inciampò in un fantoccio da sarta; all'inciampone, un altro fantoccio dietro a quello gli cadde in testa; il Marchesino, già col piede alzato, se lo trovò fra le gambe; cadde anche lui. Al fracasso, accorse una vecchia incuffiata, con un lumetto in mano. Ma don Camillo s'era già alzato e dava un calcio a quell'arnese di vimini.

— Maledetti impicci!

— Signor Marchese, è caduto? s'è fatto male?

— No, niente. Carla?

— Eh, già ci siamo… Venga, venga avanti.

Dalla camera attigua tuonò la voce imperiosa di Carla:

— Lasciatemi fare! Voglio passeggiare, e passeggio!

Don Camillo, infatti, la trovò in piedi, discinta e maestosa, coi magnifici capelli fulvi scomposti intorno al bel volto pallido.

— Carla!

— Marchese birbone! Oh, ma che hai, figlio mio? Anche tua moglie? Ho saputo! Sú, sú, coraggio, caro: non è niente! Cosí sembrerà che abbia partorito tu, due volte. Ahi ahi… ahi ahi…

Gli posò le mani su le spalle, appoggiò la fronte madida sulla fronte di lui: attese un momento cosí.

— Niente: è passata! Asciúgati la fronte; scusami; e levami un dubbio, Marchese: le hai detto un maschio a tua moglie?

— Non capisco…

— Che ti facesse un maschio?

— Ma no, non le ho detto niente.

— Ti farà una femmina, puoi esserne certo! Va', esci un momentino, ora, e non ti spaventare. L'avrai subito da me, il maschio: contaci! Subito subito, sí. Vedo che hai premura.

Don Camillo sorrise, senza volerlo, e si ritirò nella stanzetta attigua.

Bizzarra nei modi e nel linguaggio, pure in quel momento, che differenza!

Uggito, oppresso, contrariato in tutto e per tutto dalla moglie, egli, solo a vedere questa donna, ecco, si sentiva subito tutto rianimato: un altro. Che donna! Spregiudicata e franca, con l'esuberanza d'una vitalità indiavolata, talvolta anche indiscreta nella furia di fare il bene, sincera, veemente, affettuosa, gli aveva comunicato un fuoco, un fervore, di cui non si sarebbe mai sentito capace. E che fierezza! Non aveva voluto mai accettar da lui, se non qualche regaluccio di poco conto, come testimonianza d'affetto.

— Sono piú ricca di te, — soleva dirgli. — Cucio e mangio!

Serviva difatti le piú cospicue famiglie aristocratiche e borghesi, ed era stata anche la sarta della marchesa Righi; ma s'era veduta cosí maltrattata da costei, cosí contrariata anch'essa nei suoi gusti, nei suoi suggerimenti, che aveva giurato di vendicarsi, non tanto per il dispetto che ne aveva provato, quanto per pietà di quel povero Marchesino che con gli occhi le aveva sempre dimostrato d'esser d'accordo con lei, d'esser una vittima anche lui di quella donna magra, sgarbata, insoffribile. E da un anno e mezzo, il marchesino Righi, amato da Carla, si sentiva proprio un altr'uomo.

Un ululo lungo, quasi ferino, scosse don Camillo da queste riflessioni. Balzò in piedi. Udí la voce della levatrice, che diceva di là:

— Fatto! Zitta. Brava.

Padre, dunque! Ecco, già padre! Una strana ansia lo prese di veder la creaturina che in quel momento entrava nella vita, per lui. Ma due, due, in quella stessa notte, signore Iddio! Forse in quel punto stesso, nel suo palazzo, nasceva un'altra creaturina, pur sua. Ed egli era ancora qua! L'ansia, a questo pensiero, diventò smania. Ancora? ancora?

— Signor Marchese!

Don Camillo accorse. Carla, dal letto, pallidissima, abbandonata, gli sorrise.

— Femmina, sai? Troverai il maschietto di là. Va', dammi un bacio, e scappa, caro!

Il Righi si chinò a baciarla appassionatamente; ma prima di scappare a casa, volle veder la bambina. Se ne pentí. Vide un mostriciattolo ancor tutto paonazzo, che incuteva ribrezzo.

— Vedrà, eh vedrà fra qualche ora... — gli disse però la levatrice. — Piú bella della mamma!

Poco dopo, rientrando nel suo palazzo, il Marchesino non poté piú ricordarsi di ciò che aveva lasciato nella piazzetta solitaria di San Salvatore in Lauro.

Sua moglie era morta di parto, da mezz'ora, lasciando, mal viva, una povera bambina.

Passarono piú di tre mesi prima che il marchese don Camillo Righi si recasse a rivedere la sua amante e l'altra sua bambina.

Trovò Carla che lo aspettava, sicura del suo ritorno; vestita di nero. Dapprima, vedendola, non se n'accorse nemmeno; tanto gli parve naturale.

Carla non cercò in alcun modo di confortarlo; gli domandò soltanto notizie della piccina, che don Camillo aveva dato a balia.

— Tre balie in pochi giorni. Se vedessi: uno scheletrino! Non so piú che fare. Mi si sono dimostrati tutti d'un cuor duro, d'un cuor nero...

— I parenti di lei?

— Figúrati! M'hanno lasciato solo! Intanto ho paura che anche quest'altra balia non abbia latte abbastanza.

Le espresse il desiderio di rivedere la bambina.

— L'avete battezzata?

— Non ancora. Ho voluto aspettare che tu disponessi.

La vecchia zia la recò. Com'era bella, ah com'era bella, questa! Invece di rallegrarsene, don Camillo si mise a piangere pensando all'altra là, misera, orfana, digraziata.

Carla gli cinse lievemente il collo con un braccio:

— Senti, Millo, — gli disse: — quella tua povera piccina senza mamma... Se tu volessi... Sai? avrei latte per due...

E gli occhi le brillarono subito di lagrime.

Don Camillo ebbe un brivido di tenerezza per tutte le fibre; si nascose il volto con le mani e, rompendo in singhiozzi, le abbandonò il capo sul grembo.

Oh, no, no: egli, nella sciagura che lo aveva atterrato, messo in guerra con tutti e con se stesso, non poteva piú fare a meno di quella donna fervida e forte.

Risolvette d'allontanarsi per sempre da Roma. Si sarebbe ritirato nelle sue terre di Fabriano. Pregò Carla d'accettare per suo amore quel rifugio; si mise d'accordo con lei, e la fece partire avanti, con la bambina e quella vecchia zia.

Dopo una ventina di giorni, sistemato tutto, partí anche lui per la campagna, con la povera piccina senza madre.

Fin dal primo momento Carla ebbe per lei affetto e cure piú che materni. Tanto che don Camillo stesso provò quasi rimorso per quell'altra bambina, ch'era pur sua, temendo non fosse trascurata troppo.

— No, che dici? Milluccia, per il momento, non ha tanto bisogno di me. Tinina sí, invece. Ma già, vedi, vedi come s'è fatta bella?

Era rifiorita veramente, in quei pochi giorni, la povera bambina, con la primavera che rideva e brillava dalla campagna a tutte le finestre della villa piena di sole. Ancora, messa accanto all'altra, nel lettuccio comune, pareva piú piccina.

— Ma vedrai fra qualche mese. Sembreranno proprio come gemelle, e non sapremo piú distinguere l'una dall'altra.

Don Camillo Righi sapeva dell'indignazione che aveva cagionato a Roma, nei parenti e negli amici, la notizia scandalosa ch'egli aveva dato ad allevar la figliuola alla propria amante. Ma voleva che venissero qua, tutti, a vedere quelle due piccine, l'una accanto all'altra, e l'amore e le cure di quella madre per esse.

— Imbecilli!

FILO D'ARIA

Sfavillío d'occhi, di capelli biondi, di braccini, di gambette nude, impeto di riso che, frenato in gola, scatta in gridi brevi, acuti – quella furietta di Tittí entrò, s'avventò al balcone della stanza per aprir la vetrata.

Arrivò appena a girar la maniglia: un ruglio aspro, roco, come di belva sorpresa nel giaccio, l'arrestò di botto, la fece voltare, atterrita, a guardar nella stanza.

Bujo.

Gli scuri del balcone erano rimasti accostati.

Abbagliata ancora dalla luce da cui veniva, non vide; sentí spaventosamente in quel bujo la presenza del nonno sul seggiolone: immane ingombro affardellato di guanciali, di scialli grigi a scacchi, di coperte aspre pelose; tanfo di vecchiaja tumida e sfatta, nell'inerzia della paralisi.

Ma non quella presenza la atterriva. La atterriva il fatto, che avesse potuto dimenticare per un momento che lí in quel bujo degli scuri sempre accostati, ci fosse il nonno e che ella avesse potuto trasgredire, senza punto pensarci, all'ordine severissimo dei genitori, da tanto tempo espresso e sempre osservato da tutti, di non entrare cioè in quella stanza se non dopo aver picchiato all'uscio e chiestane licenza (come si dice?): — *Permetti nonnino?*

— ecco, cosí, e poi pian pianino, in punta di piedi, senza fare il minimo rumore.

Quel primo impeto di riso sull'entrare le smorí subito in un ansito, prossimo a ingrossarsi in singhiozzi.

Quatta quatta, allora, la bimba tremante e in punta di piedi, non supponendo che il vecchio abituato a quella penombra cupa, la vedesse; credendosi non veduta, s'avviò verso l'uscio. Stava per toccar la soglia, allorché il nonno la chiamò a sé con un «Qua!» imperioso e duro.

La bimba s'accostò, ancora in punta di piedi, sospesa, sbigottita, trattenendo il respiro. Cominciava adesso a discernere anche lei nella penombra. Intravide i due occhi aguzzi, cattivi, del nonno e subito abbassò i suoi.

In quegli occhi, entro le borse enfiate acquose delle palpebre, la cui rossedine scialba faceva pensare con ribrezzo al contatto viscido d'una tarantola, pareva si fosse raccolta, vigilante in un assiduo terrore e intensa d'astio muto e feroce, l'anima del vecchio cacciata da tutto il resto del corpo già invaso e reso immobile dalla morte.

Soltanto, ma proprio appena, egli poteva ancora tentare di muovere una mano, la sinistra, dopo essersela guardata a lungo, con quegli occhi, quasi a infonderle il movimento. Lo sforzo di volontà, arrivato al polso, riusciva a stento a sollevare un poco dalle coperte quella mano; ma durava un attimo; la mano ricadeva inerte.

Il vecchio s'ostinava di continuo in quell'esercizio di volontà, perché quel lieve moto momentaneo, ch'egli poteva ancor trarre dal corpo, era per lui la vita, tutta quanta la vita, in cui gli altri si movevano liberamente, a cui gli altri partecipavano interi, a cui ancora poteva partecipare anche lui, ma ecco: per quel tanto e non piú.

— Perché... il balcone?... — barbugliò con la lingua imbrogliata, alla nipotina.

Questa non rispose. Seguitava a tremare. Ma in quel tremito il vecchio avvertí subito qualcosa di nuovo. Avvertí che non era quel solito tremito di paura, a stento represso dalla piccina, ogni qual volta il padre o la madre la costringevano ad accostarsi a lui. C'era la paura, ma c'era anche qualcos'altro, sotto, soffocato dalla paura per quel suo aspro, improvviso richiamo: qualcos'altro, per cui il tremito di tutta la bambina diveniva fremito. Un fremito strano.

— Che hai? — le domandò.

La piccina, osando appena alzar gli occhi, rispose:

— Nulla.

Ma anche nella voce, anche nell'alito della bimba, ora, il vecchio avvertí qualcosa d'insolito. E ripeté con piú astio:

— Che hai?

Uno scoppio di singhiozzi. E subito dopo la piccina si buttò a terra, convulsa, gridando e dibattendosi tra quei singhiozzi, con una violenza e una furia, che tanto piú oppressero e irritarono il vecchio, in quanto anch'esse gli parvero insolite.

Accorse nella stanza la nuora, gridando:

— Oh Dio, Tittí, ch'è stato? Ma come? qua? che t'è preso? Sú… sú… ferma! Sú, con mamma tua… Come sei entrata qui? Che dici? Cattivo? Chi? Ah… Nonno cattivo? Tu, cattiva… Nonno, nonno, che ti vuol tanto bene… Ma che è stato?

Il vecchio, a cui fu rivolta l'ultima domanda, guatò feroce la bocca rossa ridente della nuora, poi il bel ciuffo di capelli biondo-dorati, che la piccina le scompigliava su la fronte con una mano, dibattendosi ora in braccio a lei, e facendo impeto per costringerla a uscir subito da quella stanza.

— Tittí, ahi! i miei capelli… Dio, Dio… me li strappi tutti… uh… tutti i capelli di mamma, cattivona! Hai visto? Guarda… tutti i capelli di mamma tra le dita… i capelli di mamma tua… guarda, guarda…

E di tra le dita aperte della manina trasse uno e poi un altro e poi un altro filo d'oro, ripetendo:

— Guarda… guarda… guarda…

La bimbetta, subito impressionata, che davvero avesse strappati tutti i capelli di mamma, si voltò a guardarsi la manina con gli occhi pieni di lagrime. Non vedendo nulla, e udendo invece una risata larga, allegra, della mamma, diventò di nuovo furente, piú furente, e la costrinse a scappar via dalla stanza.

Il vecchio ansimava forte. Una domanda gli gorgogliava dentro, inasprendogli l'astio di punto in punto.

— Ma che hanno? che hanno?

Anche negli occhi, anche nella voce, anche in quella risata della nuora, nel gesto con cui dai ditini della bimba aveva tratto i capelli strappati, prima uno e poi un altro e poi un altro, aveva avvertito alcunché d'insolito, di straordinario.

No, non erano, né la bimba né la nuora, come tutti gli altri giorni. Che avevano?

E l'astio gli crebbe maggiormente, allorché, chinando gli occhi sulla coperta stesa sulle gambe, vi avvistò uno di quei capelli della nuora, che, forse spinto nell'aria mossa dalla risata, era venuto lieve lieve a posarsi lí, su le sue gambe morte.

S'accaní a lungo allora a sospingere la mano su quelle gambe per accostarla a poco a poco, a piccoli sbalzi, a quel capello, che gli era odioso come uno scherno. E affannato in questo sforzo che, già protratto invano per una mezz'ora, lo aveva stremato, lo trovò il figliuolo, il quale ogni mattina, prima d'uscir di casa per i suoi affari, si recava in camera di lui a salutarlo.

— Buon giorno, babbo!

Il vecchio levò il capo. Uno sguardo opaco e torbido, di stupore pauroso, gli dilatava gli occhi. Anche il figlio?

Questi credette che il padre lo guardasse cosí per fargli intendere che s'era avuto a male della disubbidienza della nipotina, e s'affrettò a dirgli:

— Quel diavoletto, è vero? t'ha disturbato. Senti? piange ancora di là… L'ho sgridata, l'ho sgridata. Addio, papà. Ho fretta. A piú tardi eh? Or ora verrà la Nerina.

E se n'andò.

Il vecchio lo seguí con gli occhi, ancor pieni di stupore e di paura, fino all'uscio.

Anche lui, il figlio! Non gli aveva detto mai con quel tono: — Buon giorno, babbo! —. Perché? Che sperava? S'erano tutti accordati contro di lui? Che era avvenuto? Quella bimba, entrata dapprima, tutta sussultante... poi la madre, con quella risata... per i suoi capelli strappati... ora il figlio, anche il figlio con quell'allegro: — *Buon giorno, babbo!*

Qualche cosa era accaduta, o doveva accadere quel giorno, che volevano tenergli nascosta. Ma che cosa?

S'erano appropriato il mondo, figlio, nuora, nipotina; il mondo creato da lui, in cui li aveva messi. Non solo; ma anche il tempo s'erano appropriati, come se ancora nel tempo non ci fosse anche lui! Come se non fosse anche suo, il tempo, non lo vedesse, non lo respirasse, non lo pensasse anche lui! Egli respirava ancora, vedeva tutto e piú, piú di loro vedeva, e pensava tutto!

Un guazzabuglio d'immagini, di ricordi, come in un balenío d'uragano, gli tumultuava nello spirito. La Plata, le *pampas*; i paduli salsugginosi dei fiumi perduti, gli armenti innumerevoli scalpitanti, belanti, annitrenti, muglianti. Là, dal nulla, in quarantacinque anni, aveva edificato la sua fortuna, avvalendosi d'ogni mezzo, d'ogni arte, carpendo il momento o preparando e covando con lunga astuzia le insidie: prima guardiano d'armenti, poi colono, poi addetto ai grandi appalti di linee ferroviarie, poi costruttore. Tornato in Italia, dopo i primi quindici anni, aveva preso moglie, e subito dopo la nascita di quell'unico figlio, era ritornato laggiú, solo. Gli era morta la moglie, senza ch'egli l'avesse piú riveduta; il figliuolo, affidato ai parenti materni, gli era cresciuto senza che egli lo conoscesse. Quattr'anni addietro era rimpatriato infermo, quasi moribondo: orribilmente gonfio dall'idropisia, ossidate le arterie, rovinato il rene, rovinato il cuore. Ma non s'era dato per vinto: pur cosí, coi giorni, forse con le ore contate, aveva voluto comperare a Roma alcuni terreni per nuove costruzioni, e subito, aveva cominciato i lavori facendosi trasportare su una sedia a ruote nei cantieri, per vivere in mezzo agli operai, nel trambusto dell'opera: scabro come una roccia, tumefatto, enorme: di quindici giorni in quindici giorni s'era fatto cavar dal ventre il siero a litri, e via di nuovo tra i lavori, finché un colpo d'apoplessia, due anni fa, non lo aveva fulminato, là su quella sedia, pur senza finirlo. La grazia di morir su la breccia non gli era stata concessa. Da due anni perso in tutto il corpo, si macerava nell'attesa dell'ultima fine, pieno d'astio per quel figlio tanto diverso da lui, a lui quasi sconosciuto, che, senza bisogno, liquidati i lavori e investita in rendita l'ingente ricchezza paterna, seguitava nelle sue modeste occupazioni legali, quasi per negare a lui ogni soddisfazione e vendicar la madre e se stesso del lungo abbandono.

Nessuna comunione di vita, di pensieri, di sentimenti con quel figlio. Egli lo odiava, sí, e odiava quella nuora e quella bimba; sí, sí, li odiava, li odiava perché lo lasciavano fuori della loro vita e neanche... e neanche volevan dirgli che cosa era accaduto quel giorno, per cui tutti e tre gli apparivano cosí diversi dal solito.

Grosse lagrime gli stillarono dagli occhi. Dimentico affatto di ciò che per tanti anni era stato, s'abbandonò al pianto come un bambino.

Di quel pianto, Nerina, la servetta, non fece alcun caso, quando poco dopo entrò per custodirlo. Era pieno d'acqua, il vecchio: niente di male, se ne buttava un po' dagli occhi. – E, cosí pensando, gli asciugò con poco garbo la faccia; poi prese la ciotola del latte, v'intinse una prima savojarda e cominciò a imboccarlo.

— Mangi, mangi.

Egli mangiò, ma spiando sottecchi la servetta. A un certo punto, la intese sospirare, ma non di stanchezza, né di noja. Alzò subito gli occhi a guatarla in viso. Ecco: stava per trarre un altro sospiro, quella smorfiosa. Vedendosi guardata, invece di lasciarlo andare, ora lo soffiava per le nari, scrollando il capo, come stizzita. E perché s'era fatta cosí, a un tratto, rossa? Che aveva anche lei, quel giorno?

Tutti, tutti, dunque, avevano qualche cosa d'insolito, quel giorno? Non volle piú mangiare.

— Che hai? — domandò anche a lei, con ira.

— Io? che ho? — fece la servetta, stordita dalla domanda.

— Tu... tutti... che è? che avete?

— Ma nulla… io non so… che cosa mi vede?

— Sospiri!

— Io? ho sospirato? Ma no! O forse, senza volerlo. Non ho proprio nulla, da sospirare.

E rise.

— Perché ridi cosí?

— Come rido? Rido perché… perché lei dice che ho sospirato.

E seguitò a ridere piú forte, irrefrenabilmente.

— Vattene! — le gridò allora il vecchio.

Sul tardi, quando venne il medico per la visita consueta e rientrarono nella camera la nuora, il figlio, la nipotina, il sospetto covato tutto il giorno, anche durante il sonno, che qualcosa fosse avvenuto, che tutti gli volessero tener nascosto, diventò certezza; chiara, lampante.

Erano tutti d'accordo. Parlavano davanti a lui di cose aliene, per distrar la sua attenzione; ma l'intesa segreta traspariva evidentissima dai loro sguardi. Non s'erano mai guardati cosí tra loro! I gesti, la voce, i sorrisi non s'accordavano affatto con ciò che dicevano. Tutto quel fervore di discussione per le parrucche, per le parrucche che tornavan di moda!

— Ma verdi, scusi? verdi, violette? — gridava la nuora, tutta vermiglia, con una collera finta, tanto finta che non riusciva a impedire alla bocca di ridere.

Rideva per conto suo, quella bocca. E da sé le mani si levavano a carezzare i capelli, come se per sé i capelli volessero la carezza di quelle mani.

— Capisco, capisco… — rispondeva il medico, con la beatitudine dipinta in tutto il faccione di luna piena. — Quando si hanno i suoi capelli, signora mia, nasconderli sotto una parrucca sarebbe un peccato.

Il vecchio tratteneva ormai a stento il furore. Avrebbe voluto cacciarli via tutti dalla stanza con un urlo di belva. Ma appena il medico si licenziò e la nuora con la bambina per mano si recò ad accompagnarlo fino alla porta, il furore scoppiò sul figlio rimasto solo con lui. Lo investí con la stessa domanda rivolta invano alla nipotina, alla servetta:

— Che avete? perché siete tutti cosí oggi? che è avvenuto? che mi nascondete?

— Ma nulla, babbo! Che vuoi che ti si nasconda? — rispose il figlio, stupito, afflitto. — Siamo… non so, come siamo sempre stati.

— Non è vero! Avete qualche cosa di nuovo: io lo vedo! io lo sento! Ti pare che non veda nulla, che non senta nulla, perché sono cosí?

— Ma io non so proprio, babbo, che cosa tu veda di nuovo in noi. Non è avvenuto nulla, te l'ho giurato, torno a giurartelo! Via, via, sta' tranquillo!

Il vecchio si calmò alquanto, per l'accento di sincerità del figliuolo, ma non rimase convinto. Che c'era qualcosa di nuovo, era indubitabile. Lo vedeva, lo sentiva in loro.

Ma che cosa?

La risposta, quand'egli restò solo nella stanza, gli venne tutt'a un tratto dal balcone, silenziosamente.

Rimasto dalla mattina con la maniglia girata dalla bimba, ora, nella prima sera, ecco quel balcone si schiuse pian piano, un poco, a un filo d'aria.

Il vecchio, dapprima, non se n'accorse; ma sentí tutta la stanza empirsi d'un delizioso inebriante profumo che saliva dai giardini che circondavano la casa. Si volse, e vide una striscia di luna sul pavimento, ch'era come la traccia luminosa di quei profumi nella cupa ombra della stanza.

— Ah, ecco… ecco…

Gli altri non potevano vederlo, non potevano sentirlo in sé, gli altri, perché erano ancora dentro la vita. Egli, che ormai n'era quasi fuori, egli lo aveva veduto, egli lo aveva sentito in loro. Ecco, ecco perché, quella mattina, la bimba non tremava soltanto, ma fremeva tutta; ecco perché la nuora rideva e si compiaceva tanto dei suoi capelli; ecco perché sospirava quella servetta; ecco perché tutti avevano quell'aria insolita e nuova, senza saperlo.

Era entrata la primavera.

UN MATRIMONIO IDEALE

Prima che andasse in Romania, non so per quale impresa, Poldo Carega, ingegnere appaltatore, o – come si qualificava nei biglietti da visita – «intraprenditore di lavori pubblici», ponendosi le due manacce pelose sul petto erculeo soleva dire:

— Io sono il Continente!

E, passando le braccia al collo della moglie e della figliuola:

— E queste le mie isole!

Perché la moglie era nata in Sicilia, e la figliuola in Sardegna.

Non s'aspettava, ritornando in Italia dopo circa quattro anni, di ritrovare una delle due isole, la Sardegna (cioè la figliuola Margherita) divenuta… che Russia e Russia, cari miei! diciamo l'Europa; ma è poco! diciamo addirittura il mappamondo.

Povero Poldo Carega, gli parve un tradimento! Restò dapprima sbalordito, a mirarla da sotto in sú:

— Oh Dio, Margherita, e che hai fatto?

Poi si voltò contro la moglie, come se per colpa di lei la figliuola fosse tanto cresciuta; e diede in tali escandescenze, che parve volesse impazzire.

La moglie, afflittissima, gemeva:

— Ma se te l'ho scritto e riscritto, Poldo mio, tante volte! Quasi in ogni lettera te l'ho scritto!

Glielo aveva scritto e riscritto, difatti, sí; ma come avrebbe potuto Poldo Carega creder tanto? Da lontano, quella crescenza prodigiosa della figliuola gli era sembrata una delle solite esagerazioni della moglie.

— Esagerazioni, eh già! Perché io, per te, sono stata sempre esagerata!

Era una spina, questa, per la signora Rossana: il concetto, cioè, che tutti, non il marito soltanto, s'erano formato di lei, ch'ella fosse esagerata.

Questo concetto dipendeva, a suo credere, dalla disgrazia comune a tutta la famiglia, la soverchia altezza.

Della sua, la signora Rossana aveva un dispetto acerbo e smanioso, perché le impediva di essere, come avrebbe voluto e come dentro di sé si sentiva, una gattina sentimentale. Cosí lunga, gracile e languida, soffriva, soffriva tanto; ma nessuno voleva credere ai suoi languori, alle sue sofferenze; e tutti, sorridendo, le rispondevano:

— Via via, signora Rossana, esagerazioni!

— Ebbene, eccotela qua; guardala, ora, la mia esagerazione!

E la signora Rossana, indignata, indicava al marito la figliuola, ch'era un'esagerazione per davvero.

Margherita intanto piangeva, guardando il padre, il quale le si era fatto accosto, anzi sotto, per mirare di quanto ella lo avesse superato.

Per lo meno, d'un palmo e mezzo. Ma pareva del doppio. Perché non era soltanto l'altezza; o piuttosto, l'altezza per se stessa forse non avrebbe tanto avventato, se non l'avesse resa spettacolosa la corpulenza immane, il volume delle guance e dei due menti e del seno e dei fianchi poderosi.

Nell'esuberanza soffocante di tanta carne si aprivano però, come smarriti, due occhi limpidi e chiari, da bambina, che facevano pena a un tempo e paura. Quella pena stessa, quella stessa paura, che forse doveva provare l'anima di lei per il proprio corpo cosí enormemente cresciuto. A mano a mano che questo era cresciuto fino ad assumere quelle proporzioni mostruose, l'anima atterrita si doveva certo esser fatta dentro di lei piccina piccina, con certe voglie timide e angosciose di toccare le piccole cose gentili e delicate, ma pur non osando toccarle per non vederle quasi sparire al contatto delle schiaccianti mani.

Mangiava come un uccellino; si poteva dire che quasi non mangiava piú. Ma non giovava a nulla! Da piú di due anni non usciva di casa, perché tutti per via si voltavano e si fermavano stupiti a mirarla. In casa, stava quanto piú poteva seduta, per non dare a se stessa spettacolo della sua grandezza, vedendo piccoli e bassi tutti gli oggetti delle stanze. Naturalmente, questa mancanza di moto le aveva appesantito sempre piú la grassezza; ma ormai ella s'era rassegnata alla sua disgrazia; non voleva piú darsi pensiero di nulla; certi giorni nemmeno si pettinava, e rimaneva sdrajata, inerte, a leggere o a guardarsi le unghie. Cosí...

Poldo Carega, giovialone, urlone, tutto fuoco prima della partenza per la Romania, diventò, subito dopo il ritorno, un funerale. Andai a trovarlo, pochi giorni dopo, per parlargli d'affari; non volle neanche darmi ascolto.

— Che vuoi che m'importi piú ormai degli affari! — esclamò, scrollandosi tutto. — Non m'importa piú di niente, caro mio!

Aveva lavorato con accanimento tanti e tanti anni per quell'unica figliuola, per l'avvenire di lei; e d'anno in anno il suo amore paterno era cresciuto. Ma ecco che la figliuola, come per una tacita scommessa, approfittando della lunga assenza di lui, d'intesa con la madre (nessuno poteva levare dal capo a Poldo Carega che la moglie non c'entrasse per qualche cosa):

— Ah, — dice, — cresce il tuo amore per me d'anno in anno? Aspetta, che ti faccio vedere come cresco anch'io in pochi anni! Diventerò cosí grande, che il tuo amore non potrà piú abbracciarmi.

E, difatti, gli erano cascate le braccia, nel rivederla, povero Poldo Carega! Ma non solo le braccia; l'anima e il fiato gli erano cascati, e tutti i sogni che aveva fatti per lei, tutte le speranze!

Dico la verità, non ebbi il coraggio di confortarlo. Sapevo che egli, quattr'anni addietro, prima di partire per la Romania, non avrebbe veduto male al suo ritorno, cioè quando la figliuola sarebbe stata in età, un matrimonio di lei con me. Me ne andai ranco ranco, con la coda tra le gambe, appena questo ricordo mi sorse; e, come fui ben lontano, presi a riflettere amaramente:

«È proprio una sciagura senza rimedio, povero Carega! Egli lo capirà: un uomo della mia statura, e anche un po' piú alto di me, non va a sposare certamente quella colonna, quell'obelisco! Siamo giusti: a parer piccoli, quando non si è, si ribella l'amor proprio mascolino. Dei bassi non ne parliamo. Degli altissimi come lei, già a trovarne uno: si contano su le dita, ma anche a trovarne uno, si sa che gli uomini altissimi hanno un debole per le donne piccoline. Superbi della loro statura, guardano con dispetto, anzi quasi con rancore, quei pochi che possono rivaleggiare con essi, e scoprono subito in loro certi difetti che essi, è ovvio dirlo, non hanno: le gambe troppo lunghe, la testa troppo piccola, ecc. ecc. Insomma, non soffrono rivali; vogliono esser soli. Figuriamoci se sposerebbero una donna della loro statura. E poi, perché? per parere scappati da un baraccone da fiera?»

Queste riflessioni, come le feci io allora, da un pezzo senza dubbio aveva dovuto farle anche lei, la povera Margherita, per trarne la conseguenza che, nelle supreme regioni a cui per sua disgrazia era ascesa, non avrebbe trovato mai un marito. Un pioppo, sí, un acero, un cerro. Ma ogni giovanotto, guardandola, le avrebbe detto:

— Cala prima, bella mia, cala! cala!

E come poteva calare, povera Margherita?

Non passarono neanche tre mesi dal suo ritorno a

Cesena, che Poldo Carega, non reggendogli l'animo di rimanere nella città dove la sua sciagura s'era compiuta cosí a tradimento, se ne partí con tutta la famiglia, fosco come un temporale; e per piú di dieci anni non si ebbero piú notizie di lui.

Finalmente, un bel giorno, giunse a mio padre una lettera da un paesello su la costa meridionale della Sicilia, di fronte all'Africa, dove Poldo Carega s'era recato per la costruzione del porto. Voleva che mio padre gli mandasse laggiú uno dei figliuoli per ajutarlo nell'impresa.

Andai io, per curiosità di rivedere dopo tanto tempo Margherita.

M'aspettavo di ritrovarla cupa, gelida, nelle sue superne alture, funebre e ravvolta di nebbie perpetue, poiché già doveva aver presso a trenta anni – dunque ormai zitellona.

«Figuriamoci, a dir poco, come la *Jungfrau*», pensavo, durante il viaggio.

Ma che! Allegrona la ritrovai, e quasi non sapevo credere ai miei occhi, allegrona, come non l'avevo mai veduta! Piú grassa di prima, e allegrona! Non tardai però a scoprire la ragione di tanta allegria.

Come ingegnere governativo, addetto alla sorveglianza dei lavori del porto, c'era laggiú un certo omino alto poco piú d'un metro, calvo, miope, panciutello, ma pieno d'ingegno e di spirito, che rideva lui per primo della sua piccolezza, come Margherita, adesso, della sua altezza: l'ingegnere Cosimo Todi. E quest'ingegnere Cosimo Todi veniva quasi ogni sera con altri amici a cenare su la terrazza a mare di Poldo Carega.

Serate africane! Il mare, quand'era scirocco, veniva a frangersi impetuoso sotto quella terrazza bianca, che pareva allora, con le sue tende svolazzanti, una tolda di nave. S'intravedevano i fanali del vecchio molo, la lanterna verde del faro: i lumi tra l'alberatura dei bastimenti ormeggiati, e dalla spiaggia esalava quel tanfo denso, caldo, acre di sale e di muffa, delle alghe morte, appacciamate, misto all'odor della pece e del catrame.

E si chiacchierava, ridendo e bevendo, fino a tardi, su quella terrazza bianca, che dava la sera un delizioso compenso della soffocante calura della giornata. Piú di tutti Margherita e l'ingegner Cosimo Todi ridevano, capite? della loro disgrazia, ch'era opposta e comune.

L'ingegner Todi non aveva potuto trovar moglie per la stessa ragione per cui Margherita non aveva potuto trovar marito.

Veramente lui, l'ingegner Todi, non l'aveva mai cercata, una moglie, sicurissimo che non una ma cento ne avrebbe trovate subito, che se lo sarebbero preso per la lucrosa professione. Ma grazie tante! E poi?

No no: ingegno, garbo, giovialità (doti tutte, che non aveva nessunissima difficoltà a riconoscersi) non sarebbero bastate (come tante gentili amiche gli volevano far credere) a compensare quei tre palmi di statura che gli mancavano.

No no: quelle doti in lui potevano aver pregio solo perché egli guadagnava da quaranta a cinquanta mila lire l'anno. E senza dubbio, se si fosse lasciato prendere all'amo, tre mesi dopo, si sarebbe sentito dire dalla moglie che l'ingegno, Dio mio, doveva servirgli per comprendere ch'ella, con un marito come lui, non poteva fare a meno d'un amante, e fingere di non accorgersene, e seguitare ad amarla nonostante il tradimento o i tradimenti. E il garbo e la giovialità, servirgli per aprire la porta e accogliere graziosamente il signore o i signori che gli facevano l'onore di venire a corteggiare la sua signora.

Queste cose diceva e rappresentava con molta comicità di frasi e di gesti l'ingegner Cosimo Todi, facendo ridere tutti e piú di tutti Margherita Carega, che si buttava indietro per far liberamente sobbalzare alle risate l'enorme seno e il ventre.

Finché una di quelle sere il Todi, per il piacere di vederla ridere cosí burlescamente non uscí a dire che la moglie ideale per lui sarebbe stata lei, Margherita Carega.

— Lei! lei, sí! Proprio lei!

Per miracolo la tavola si tenne su le quattro zampe. La vidi sussultare come per un terremoto, e cader bicchieri e bottiglie.

— Seriamente, seriamente… — badava a ripetere il Todi coi braccini levati in atto di parare, tra il fragore della risata interminabile. — Vi dico seriamente! Riflettete bene, signori miei. Sarebbe il matrimonio ideale! Una vendetta meravigliosa contro la natura sarebbe! sí! sí! contro la natura che ha fatto lei tanto grande, e me cosí piccolo! Pensate un po', pensate un po': senza far ridere o sbalordire, né io potrei sposare una nana, né lei un gigante! Ma noi due sí; noi due possiamo sposarci benissimo! E saremmo una coppia, se ci ponete mente, perfetta, di perfetta equiparazione; perché lei ha d'avanzo quel tanto che manca a me; e ci compenseremmo a vicenda!

Non ne potevamo piú: avevamo tutti le lacrime agli occhi e ci dolevano i fianchi.

— Ma avrebbe lei questo coraggio? — gridò il Todi, balzando sulla seggiola e appuntando in atto di sfida l'indice contro Margherita.

Questa allora sorse in piedi, col faccione congestionato dalle risa. Vi assicuro che era di tutta la testa piú alta di lui pur cosí montato sulla seggiola.

— Io, il coraggio? — gli disse. — Ma dovrebbe averlo lei, scusi, il coraggio di sposar me!

Applaudimmo tutti, a lungo, strepitosamente, a questa bella risposta.

— Io ce l'ho! — gridò allora il Todi. — Non ce l'avrà lei! Scommettiamo?

— Accetti, accetti la scommessa, signorina Margherita! — le gridammo tutti, incitando. — Lo pigli in parola!

— Ebbene, sí, accetto! — rispose lei. — Vediamo un po' chi se ne pente!

— Io? Ah, io no, di certo! — esclamò il Todi; e, saltando dalla seggiola, seriissimamente, si fece innanzi a Poldo Carega, s'inchinò e gli disse:

— Ho l'onore, ingegner Carega, di chiederle la mano della signorina Margherita, sua figlia.

Quel che successe, rinunzio a descriverlo. Parevamo tutti impazziti. Era una burla? Era sul serio? Chi sa! Si faceva per burla, come se fosse una cosa seria. Si ordinò lo *Champagne*: l'ingegner Todi fu portato in trionfo a sedere accanto alla gigantesca sposina, e i brindisi alle faustissime nozze non finirono piú.

Cosí, proposto dapprima per burla, si concluse sul serio quel matrimonio ideale d'un nano con una gigantessa.

Il coraggio l'una e l'altro non dovevano averlo tanto per sé, cioè per tollerar lei un marito come lui e lui una moglie come lei, quanto per gli altri, voglio dire per resistere alle beffe della gente, che domani li avrebbe visti insieme marito e moglie. Ma l'ingegner Todi e Margherita Carega ebbero tanto spirito da tener fronte a queste beffe e da goderci per giunta, come se veramente fosse un matrimonio per chiasso, di carnevale.

Vi assicuro però che tutto il paese – naturalmente – da principio ruppe in un'omerica risata, ma poi vide bene e sto per dire che stimò anch'esso ragionevolissima la loro unione, la quale stabiliva tra i due spropositi della natura una specie di equilibrio e come un'equa, per quanto comica, riparazione.

Sei mesi dopo, il matrimonio fu celebrato. Quell'omino coraggioso, già abbastanza maturo e pur cosí panciutello com'era, si fece alpinista, voglio dire fece sua, davanti agli uomini e a Dio, quella montagna e... – voi ridete? Ma sappiate, cari miei, che Margherita Todi-Carega ha adesso due figliuoli, nati a un parto... *Parturiunt montes...* – Due topi, – voi credete?

Che topi! A dodici anni, sono già alti quanto la mamma. Ed è raggiante Margherita Todi-Carega: trionfa tra quei due piccoli colossi degni di lei; mentre lui, invece, l'omettino ormai vecchierello – che volete? – soffre, sí, ma non per causa di lei, badiamo! Lei lo ama, lo stima, gli è grata e lo cura, ha proprio tutti i riguardi per lui. Soffre, il povero ingegner Todi, perché naturalmente, con gli anni, gli cominciano a seccare e a pesare un po' troppo le beffe della gente; teme che lo facciano scapitare di fronte ai figliuoli, da cui vuol essere rispettato, come un padre sul serio.

I figliuoli lo rispettano; ma via, se vogliamo dire, non è neanche bella la loro condizione con un padre cosí minuscolo che par fatto e messo sú quasi per ischerzo.

Questa afflizione c'è, innegabilmente. Perché la vita non sa esser tutta e sempre una farsa. Un marito e una moglie possono far ridere finché vogliono; ma la paternità non può non essere una cosa seria.

RITORNO

Dopo tant'anni, di ritorno al suo triste paese in cima al colle, Paolo Marra capí che la rovina del padre doveva esser cominciata proprio nel momento che s'era messo a costruire la casa per sé, dopo averne costruite tante per gli altri.

E lo capí rivedendo appunto la casa, non piú sua, dove aveva abitato da ragazzo per poco tempo, in una di quelle vecchie strade alte, tutte a sdrucciolo, che parevan torrenti che non scorressero piú: letti di ciottoli.

L'immagine della rovina era in quell'arco di porta senza la porta, che superava di tutta la cèntina da una parte e dall'altra i muri di cinta della vasta corte davanti, non finiti: muri ora vecchi, di pietra rossa.

Passato l'arco, la corte in salita, acciottolata come la strada, aveva in mezzo una gran cisterna. La ruggine s'era quasi mangiata fin d'allora la vernice rossigna del gambo di ferro che reggeva in cima la carrucola. E com'era triste quello sbiadito color di vernice su quel gambo di ferro che ne pareva malato! Malato fors'anche della malinconia dei cigolíi della carrucola quando il vento, di notte, moveva la fune della secchia; e sulla corte deserta era la chiarità del cielo stellato ma velato, che in quella chiarità vana, di polvere, sembrava fissato là sopra, cosí, per sempre.

Ecco: il padre aveva voluto mettere, tra la casa e la strada, quella corte. Poi, forse presentendo l'inutilità di quel riparo, aveva lasciato cosí sguarnito l'arco e a mezzo i muri di cinta.

Dapprima nessuno, passando, s'era attentato a entrare, perché ancora per terra rimanevano tante pietre intagliate, e pareva con esse che la fabbrica, per poco interrotta, sarebbe stata presto ripresa. Ma appena l'erba aveva cominciato a crescere tra i ciottoli e lungo i muri, quelle pietre inutili eran parse subito come crollate e vecchie. Parte erano state portate via, dopo la morte del padre, quando la casa era stata svenduta a tre diversi compratori e quella corte era rimasta senza nessuno che vi accampasse sopra diritti; e parte erano divenute col tempo i sedili delle comari del vicinato, le quali ormai consideravano quella corte come loro, come loro l'acqua della cisterna, e vi lavavano e vi stendevano ad asciugare i panni e poi, col sole che abbagliava allegro da quel bianco di lenzuoli e di camice svolazzanti sui cordini tesi, si scioglievano sulle spalle i capelli lustri d'olio per «cercarsi» in capo, l'una all'altra, come fanno le scimmie tra loro.

La strada, insomma, s'era ripresa la corte rimasta senza la porta che impedisse l'ingresso.

E Paolo Marra, che vedeva adesso per la prima volta quella invasione, e distrutta la soglia sotto l'arco, e scortecciati agli spigoli i pilastri, guasto l'acciottolato dalle ruote delle carrozze e dei carri che avevan trovato posto negli ariosi puliti magazzini a destra della casa, chi sa da quanto tempo ridotti sudice rimesse d'affitto; appestato dal lezzo del letame e delle lettiere marcite, col nero tra i piedi delle risciacquature che colava deviando tra i ciottoli giú fino alla strada, provò pena e disgusto, invece di quel senso d'arcano sgomento con cui quella corte viveva nel suo lontano ricordo infantile quand'era deserta, col cielo sopra, stellato, il vasto biancore illividito di tutti quei ciottoli in pendio e la cisterna in mezzo, misteriosamente sonora.

Donne e marmocchi stavano intanto a mirarlo da un pezzo, maravigliati del suo vecchio abito lungo, che a lui forse pareva confacente alla sua qualità di professore, ma che invece gli dava l'aspetto d'un pastore evangelico d'un altro clima e di un'altra razza, con la zazzera scoposa sulle spallucce aggobbite e gli occhiali a stanghetta; e come lo videro andar via con tutto quel disgusto nel viso pallido, scoppiarono a ridere.

L'ira, lí per lí, lo spinse a rientrare in quella corte di cui era ancora il padrone, per strappare quelle donne, una dopo l'altra, dalle pietre su cui stavan sedute e cacciarle via a spintoni. Ma, abituato ormai a riflettere, considerò che se esse sotto quel suo aspetto straniero, e forse un po' buffo, d'uomo precocemente invecchiato e imbruttito da una vita di studii difficile e disgraziata, non riconoscevano piú il ragazzo ch'egli era stato e che qualcuna di loro poteva forse ricordare ancora, non doveva far caso del diritto che gli negavano di provare quel disinganno e quel disgusto, per tutta la pena dei suoi antichi ricordi.

Uno, tra questi ricordi, del resto, bastava a fargli cader l'animo di rivoltarsi contro quelle donne; il ricordo, ancora cocente, di sua madre che usciva per sempre da quella casa, con lui per mano e reggendosi con l'altra, sulla faccia voltata, una cocca del fazzoletto nero che teneva in capo, per nascondere il pianto e i segni delle atroci percosse del marito.

Era stato lui, ragazzo, la causa di quelle percosse, della rottura insanabile che n'era seguita tra moglie e marito e della conseguente morte della madre, per crepacuore, appena un anno dopo: lui, sciocco, per aver voluto farsi, a quattordici anni, paladino di lei contro il padre che la tradiva; senza comprendere, come comprendeva ora da grande, che alla madre, orribilmente svisata fin da bambina da una caduta dalla finestra nella strada, era fatto l'obbligo di sopportare quel tradimento, se voleva seguitare a convivere col marito.

Per lui, figlio, la mamma era quella. Non poteva concepirne un'altra diversa. Si sentiva avvolto e protetto dall'infinita tenerezza che spirava da quegli occhi, che sarebbero stati pur belli, cosí neri, se le palpebre, sotto, non se ne fossero staccate, mostrando il roseo smorto delle congiuntive e scivolando con le occhiaje e le guance nel cavo dell'orrenda ammaccatura, da cui emergeva appena la punta del naso. E tutta la carnale e santa amorosità della mamma sentiva nella voce di lei, senza badare che quella voce, piú che dalla povera enorme bocca, le sfiatasse quasi vana dai fori del naso.

Sapeva che il padre, venuto sú dalla strada, era diventato signore per lei; e s'irritava vedendo che ella, nonché pretenderne almeno un po' di gratitudine, per poco non metteva la faccia – quella sua povera faccia! – dove lui i piedi; e che lo serviva come una schiava, dimostrandogli lei, anzi, in ogni atto, a ogni momento, quella gratitudine tutta tremiti delle bestie avvilite; sempre in apprensione di non esser pronta abbastanza a prevenire ogni suo desiderio o bisogno, ad accogliere qualche sua distratta benevolenza come una grazia immeritata.

Non aveva ancora sei anni, e già si rivoltava, indignato, e scappava via sulle furie nel vedersi mostrato da lei a chi la rimproverava di quella sua troppa remissione; si turava gli orecchi per non udire dall'altra stanza le parole con cui di solito ella accompagnava quel gesto rimasto a mezzo per la sua fuga: che aveva un figlio e che questo, data la sua disgrazia, fosse già un premio veramente insperato che Dio le aveva voluto concedere.

A quell'età non poteva ancora comprendere ch'ella poneva avanti questa scusa del figlio per dissimulare, fors'anche a se stessa, l'inconfessabile miseria della sua povera carne che mendicava con tanta umiliazione a quell'uomo l'amore, pur sapendolo preso e posseduto da un'altra donna, pur avvertendo certamente la repulsione con cui ogni volta la tremenda elemosina le doveva esser fatta. E s'era creduto in obbligo di risarcirla di quell'avvilimento davanti a tutti, patito per lui.

Era a conoscenza che il padre s'era messo con una vedova, popolana, sua cugina, una certa Nuzza La Dia ch'era stata sua fidanzata e ch'egli aveva lasciata per sposare una d'un paraggio superiore al suo e con ricca dote: pazienza, se brutta; figlia dell'ingegnere che lo aveva ajutato a tirarsi sú e che, accollatario di tanti lavori, lo avrebbe preso come socio in tutti gli appalti.

Sapeva che le domeniche mattina i due si davano convegno al parlatorietto riservato alla madre badessa del monastero di San Vincenzo, ch'era una loro zia. Fingevano d'andarle a far visita; e la vecchia badessa, che forse scusava con la parentela tra i due la tenera intimità di quei convegni, godeva nel vederseli davanti, l'uno di fronte all'altra, ai due lati del tavolino sotto la doppia grata: lui, diventato un signore, con l'abito turchino delle domeniche che pareva gli dovesse scoppiare sulle spalle rudi, il solino duro che gli segava le garge paonazze, e la cravatta rossa; lei d'una piacenza tutta carnale ma placida perché soddisfatta, vestita di raso nero e luccicante d'ori nella penombra di quel parlatorietto che aveva il rigido delle chiese.

S'imbeccavano, un boccone tu, un boccone io, le innocenti confezioni della badia, e dai bicchierini il pallido rosolio con l'essenza di cannella, un sorso tu, un sorso io. E ridevano. E anche la vecchia zia badessa, come una balla dietro la doppia grata, si buttava via dalle risa.

Era andato a sorprenderli, una di quelle domeniche.

Il padre aveva fatto a tempo a nascondersi dietro una tenda verde che riparava a destra un usciolo; ma la tenda era corta, e sotto i peneri ancora mossi si vedevano bene le due grosse scarpe di coppale lisce e lustre; ella era rimasta a sedere davanti al tavolino, col bicchierino ancora tra le dita, in atto di bere.

Le era andato di fronte e s'era tirato un po' indietro col busto per scagliarle con piú forza in faccia lo sputo. Il padre non s'era mosso dalla tenda. E a lui, poi, a casa, non aveva torto un capello né detto nulla. S'era vendicato sopra la madre; l'aveva percossa a sangue e cacciata via; poi s'era tolta in casa pubblicamente la ganza, senza voler piú sapere né della moglie né del figlio.

Morta dopo un anno la madre, egli era stato messo in collegio fuori del paese; e non aveva riveduto il padre mai piú.

Ora, in quel suo ritorno dopo tanto tempo al paese natale, non era stato riconosciuto da nessuno.

Solo un tale gli s'era accostato, che a lui però non era riuscito d'immaginare chi potesse essere; un certo omino ammantellato, che pareva quasi per ridere, tanto era piccolo e il mantello grande.

Misteriosamente costui, chiamandoselo prima con la mano in disparte, s'era messo a parlargli a bassissima voce della casa e del diritto da far valere sulla corte di essa, o per sè, o, se per sè non voleva, a favore d'una disgraziata che sarebbe stata carità fiorita ricompensare dell'amore e della devozione che aveva avuto per il padre e dei servizi che egli aveva reso fino all'ultimo, quando, perso di tutto il corpo e muto, s'era ridotto alla fame: una certa Nuzza La Dia sí, che fin d'allora s'era data a mendicare per lui, e che ora, senza tetto, si trascinava ogni notte a dormire là, in un sottoscala della casa.

Paolo Marra s'era voltato a guardare quell'omino come fosse il diavolo.

Ed ecco che quell'omino, in risposta al suo sguardo, subito gli aveva strizzato un occhio, ammiccando con l'altro, improvvisamente acceso d'una furbizia davvero diabolica. Proprio come se fosse stato lui a far precipitare da bambina la madre dalla finestra, per svisarla; lui a far cosí bella, per la tentazione del padre, quella Nuzza La Dia; lui a indurlo, ragazzo, a tirare in faccia a quella donna bella lo sputo per la rovina di tutti.

E dopo aver cosí ammiccato, quel diavolo lí, ravvolgendosi con gran vento nel suo spropositato mantello, era andato via.

Sapeva bene Paolo Marra che questa era tutta sua immaginazione, la quale nasceva dal fatto che da un pezzo si sentiva pungere segretamente dal rimorso d'aver lasciato morire il padre nella miseria, senza volersene piú curare.

Anche in quel momento se ne sentí pungere; ma subito respinse quel rimorso con un urto d'odio che pur sapeva non vero. L'urto, difatti, proveniva da un altro sentimento ch'egli non aveva mai voluto precisare dentro di sé per

non offendere tra le sue memorie quella che gli doleva di
piú: la memoria della madre. E questa memoria era mista
adesso a un senso atroce di vergogna e ad un avvilimento
tanto piú grande, in quanto ogni volta, accanto alla faccia
della madre, deturpata, gli appariva d'improvviso, bella, la
faccia di quell'altra, col ricordo indelebile di com'ella lo
aveva guardato, mentre ancora lo sputo le pendeva dalla
guancia: un sorriso incerto, di quasi allegra sorpresa, che
le luceva sui denti tra le labbra rosse; e tanta pena, invece,
tanta pena negli occhi.

TU RIDI

Scosso dalla moglie, con una strappata rabbiosa al braccio, springò dal sonno anche quella notte, il povero signor Anselmo.

— Tu ridi!

Stordito, e col naso ancora ingombro di sonno, e un po' fischiante per l'ansito del soprassalto, inghiottí; si grattò il petto irsuto; poi disse aggrondato:

— Anche… perdio… anche questa notte?

— Ogni notte! ogni notte! — muggí la moglie, livida di dispetto.

Il signor Anselmo si sollevò su un gomito, e seguitando con l'altra mano a grattarsi il petto, domandò con stizza:

— Ma proprio sicura ne sei? Farò qualche versaccio con le labbra, per smania di stomaco; e ti pare che rida.

— No, ridi, ridi, ridi, — riaffermò quella tre volte. — Vuoi sentir come? cosí.

E imitò la risata larga, gorgogliante, che il marito faceva nel sonno ogni notte.

Stupito, mortificato e quasi incredulo, il signor Anselmo tornò a domandare:

— Cosí?

— Cosí! Cosí!

E la moglie, dopo lo sforzo di quella risata, riabbandonò, esausta, il capo sui guanciali e le braccia su le coperte, gemendo:

— Ah Dio, la mia testa...

Nella camera finiva di spegnersi, singhiozzando, un lumino da notte davanti a un'immagine della Madonna di Loreto, sul cassettone. A ogni singhiozzo del lumino, pareva sobbalzassero tutti i mobili.

Irritazione e mortificazione, ira e cruccio sobbalzavano allo stesso modo nell'animo stramazzato del signor Anselmo, per quelle sue incredibili risate d'ogni notte, nel sonno, le quali facevano sospettare alla moglie che egli, dormendo, guazzasse chi sa in quali beatitudini, mentr'ella, ecco, gli giaceva accanto, insonne, arrabbiata dal perpetuo mal di capo e con l'asma nervosa, la palpitazione di cuore, e insomma tutti i malanni possibili e immaginabili in una donna sentimentale presso alla cinquantina.

— Vuoi che accenda la candela?

— Accendi, sí, accendi! E dammi subito le gocce: venti, in un dito d'acqua.

Il signor Anselmo accese la candela e scese quanto piú presto poté dal letto. Cosí in camicia e scalzo, passando davanti all'armadio per prendere dal cassettone la boccetta dell'acqua antisterica e il contagocce, si vide nello specchio, e istintivamente levò la mano a rassettarsi sul capo la lunga ciocca di capelli, con cui s'illudeva di nascondere in qualche modo la calvizie. La moglie dal letto se n'accorse.

— S'aggiusta i capelli! — sghignò. — Ha il coraggio d'aggiustarsi i capelli, anche di notte tempo, in camicia, mentr'io sto morendo!

Il signor Anselmo si voltò, come se una vipera lo avesse morso a tradimento; appuntò l'indice d'una mano contro la moglie e le gridò:

— Tu stai morendo?

— Vorrei, — si lamentò quella allora, — che il Signore ti facesse provare, non dico molto, un poco di quello che sto soffrendo in questo momento!

— Eh, cara mia, no, — brontolò il signor Anselmo. — Se davvero ti sentissi male, non baderesti a rinfacciarmi un gesto involontario. Ho alzato appena la mano, ho alzato… Mannaggia! Quante ne avrò fatte cadere?

E buttò per terra con uno scatto d'ira l'acqua del bicchiere, in cui, invece di venti, chi sa quante gocce di quella mistura antisterica erano cadute. E gli toccò andare in cucina, cosí scalzo e in camicia, a prendere altra acqua.

— Io rido…! Signori miei, io rido… — diceva tra sé, attraversando in punta di piedi, con la candela in mano, il lungo corridojo.

Un vocino d'ombra venne fuori da un uscio aperto su quel corridojo.

— Nonnino…

Era la voce d'una delle cinque nipotine, la voce di Susanna, la maggiore e la piú cara al signor Anselmo, che la chiamava *Susí*.

Aveva accolto in casa da due anni quelle cinque nipotine, insieme con la nuora, alla morte dell'unico figliuolo. La nuora, trista donnaccia, che a diciotto anni gli aveva accalappiato quel suo povero figliuolo, per fortuna se n'era scappata di casa da alcuni mesi con un certo signore, amico intimo del defunto marito; e cosí le cinque orfanelle (di cui la maggiore, Susí, aveva appena otto anni) erano rimaste sulle braccia del signor Anselmo, proprio sulle braccia di lui, poiché su quelle della nonna, afflitta da tutti quei malanni, è chiaro che non potevano restare. La nonna non aveva forza neanche di badare a se stessa.

Ma badava, sí, se il signor Anselmo involontariamente alzava una mano a raffilarsi sul cranio i venticinque capelli che gli erano rimasti. Perché, oltre tutti quei malanni, aveva il coraggio, la nonna, d'essere ancora ferocemente gelosa di lui, come se nella tenera età di cinquantasei anni, con la barba bianca, il cranio pelato, in mezzo a tutte le delizie che la sorte amica gli aveva prodigate; e quelle cinque nipotine sulle braccia, alle quali col magro stipendio non sapeva come provvedere; col cuore che gli sanguinava ancora per la morte di quel suo disgraziato figliuolo; egli potesse difatti attendere a fare all'amore con le belle donnine!

Non rideva forse per questo? Ma sí! Ma sí! Chi sa quante donne se lo sbaciucchiavano in sogno, ogni notte!

La furia con cui la moglie lo scrollava, la rabbia livida con cui gli gridava: «*Tu ridi!*» non avevano certo altra ragione, che la gelosia.

La quale... niente, via, che cos'era? una piccola, ridicola scheggina di pietra infernale, data da quella sua sorte amica in mano alla moglie, perché si spassasse a inciprignirgli le piaghe, tutte quelle piaghe, di cui graziosamente aveva voluto cospargergli l'esistenza.

Il signor Anselmo posò a terra presso l'uscio la candela, per non svegliare col lume le altre nipotine, ed entrò nella cameretta, al richiamo di Susí.

Per maggior consolazione del nonno, che le voleva tanto bene, Susí cresceva male; una spalluccia piú alta dell'altra e di traverso, e di giorno in giorno il collo le diventava sempre piú come uno stelo troppo gracile per sorregger la testina troppo grossa. Ah, quella testina di Susí...

Il signor Anselmo si chinò sul letto, per farsi cingere il collo dal magro braccino della nipote; le disse:

— Sai, Susí? Ho riso!

Susí lo guardò in faccia con penosa meraviglia.

— Anche stanotte?

— Sí, anche stanotte. Una risatoooòna... Basta, lasciami andare, cara, a prender l'acqua per la nonna... Dormi, dormi, e procura di ridere anche tu, sai? Buona notte.

Baciò la nipotina sui capelli, le rincalzò ben bene le coperte, e andò in cucina a prender l'acqua.

Ajutato con tanto impegno dalla sorte, il signor Anselmo era riuscito (sempre per sua maggior consolazione) a sollevar lo spirito a considerazioni filosofiche, le quali, pur senza intaccargli affatto la fede nei sentimenti onesti profondamente radicati nel suo cuore, gli avevano tolto il conforto di sperare in quel Dio, che premia e compensa di là. E non potendo in Dio, non poteva per conseguenza neanche piú credere, come gli sarebbe piaciuto, in qualche diavolaccio buffone che gli si fosse appiattato in corpo e si divertisse a ridere ogni notte, per far nascere i piú tristi sospetti nell'animo della moglie gelosa.

Era sicuro, sicurissimo il signor Anselmo di non aver mai fatto alcun sogno, che potesse provocare quelle risate. Non sognava affatto! Non sognava mai! Cadeva ogni sera, all'ora solita, in un sonno di piombo, nero, duro e profondissimo, da cui gli costava tanto stento e tanta pena destarsi! Le pàlpebre gli pesavano sugli occhi come due pietre di sepoltura.

E dunque, escluso il diavolo, esclusi i sogni, non restava altra spiegazione di quelle risate che qualche malattia di nuova specie; forse una convulsione viscerale, che si manifestava in quel sonoro sussulto di risa.

Il giorno appresso, volle consultare il giovane medico specialista di malattie nervose, che un giorno sí e un giorno no veniva a visitar la moglie.

Oltre la dottrina, questo giovane medico specialista si faceva pagare dai clienti i capelli biondi, che per il troppo studio gli erano caduti precocemente e la vista che, per la stessa ragione, gli si era anche precocemente indebolita.

E aveva, oltre la sua scienza speciale delle malattie nervose, un'altra specialità, che offriva gratis però ai signori clienti: gli occhi, dietro gli occhiali, di colore diverso: uno giallo e uno verde. Chiudeva il giallo, ammiccava col verde, e spiegava tutto. Ah spiegava tutto lui, con una chiarezza maravigliosa, per dare ai signori clienti, anche nel caso che dovessero morire, intera soddisfazione.

— Dica dottore, può stare che uno rida nel sonno, senza sognare? Forte, sa? Certe risatooòne…

Il giovane medico prese a esporre al signor Anselmo le teorie piú recenti e accontate sul sonno e sui sogni; per circa mezz'ora parlò, infarcendo il discorso di tutta quella terminologia greca che fa cosí rispettabile la professione del medico, e alla fine concluse che – no – non poteva stare. Senza sognare, non si poteva ridere a quel modo nel sonno.

—Ma io le giuro, signor dottore, che proprio non sogno, non sogno, non ho mai sognato! — esclamò stizzito il signor Anselmo, notando il riso sardonico con cui la moglie aveva accolto la conclusione del giovane medico.

— Eh no, creda! Cosí le pare, — soggiunse questi, tornando a chiudere l'occhio giallo e ad ammiccare col verde. — Cosí le pare... Ma lei sogna. È positivo. Soltanto, non serba il ricordo de' sogni, perché ha il sonno profondo. Normalmente, gliel'ho spiegato, noi ci ricordiamo soltanto dei sogni che facciamo, quando i veli, dirò cosí, del sonno si siano alquanto diradati.

— Dunque rido dei sogni che faccio?

— Senza dubbio. Sogna cose liete e ride.

— Che birbonata! — scappò detto allora al signor Anselmo. — Dico esser lieto, almeno in sogno, signor dottore, e non poterlo sapere! Perché io le giuro che non ne so nulla! Mia moglie mi scrolla, mi grida: «*Tu ridi!*» e io resto balordo a guardarla in bocca, perché non so proprio né d'aver riso, né di che ho riso.

Ma ecco qua, ecco qua: c'era, alla fine! Sí, sí. Doveva esser cosí. Provvidenzialmente la natura, di nascosto, nel sonno lo ajutava. Appena egli chiudeva gli occhi allo spettacolo delle sue miserie, la natura, ecco, gli spogliava lo spirito di tutte le gramaglie, e via se lo conduceva, leggero leggero, come una piuma, pei freschi viali dei sogni piú giocondi. Gli negava, è vero, crudelmente, il ricordo di chi sa quali delizie esilaranti; ma certo, a ogni modo, lo compensava, gli ristorava inconsapevolmente l'animo, perché il giorno dopo fosse in grado di sopportare gli affanni e le avversità della sorte.

E ora, ritornato dall'ufficio, il signor Anselmo si toglieva su le ginocchia Susí, che sapeva imitar cosí bene la risatona ch'egli faceva ogni notte, per averla sentita ripetere tante volte dalla nonna; le accarezzava l'appassito visetto di vecchina, e le domandava:

— Susí, come rido? Sú, cara, fammela sentire, la mia bella risata.

E Susí, buttando indietro la testa e scoprendo il gracile colluccio di rachitica, prorompeva nell'allegra risatona, larga, piena, cordiale.

Il signor Anselmo, beato, la ascoltava, la assaporava, pur con le lacrime in pelle per la vista di quel colluccio della bimba; e, tentennando il capo e guardando fuori della finestra, sospirava:

— Chi sa come sono felice, Susí! Chi sa come sono felice, in sogno, quando rido cosí.

Purtroppo, però, anche questa illusione doveva perdere il signor Anselmo.

Gli avvenne una volta, per combinazione, di ricordarsi d'uno dei sogni, che lo facevano tanto ridere ogni notte.

Ecco: vedeva un'ampia scalinata, per la quale saliva con molto stento, appoggiato al bastone, un certo Torella, suo vecchio compagno d'ufficio, dalle gambe a roncolo. Dietro al Torella, saliva svelto il suo capo-ufficio, cavalier Ridotti, il quale si divertiva crudelmente a dar col bastone sul bastone di Torella che, per via di quelle sue gambe a roncolo, aveva bisogno, salendo, d'appoggiarsi solidamente al bastone. Alla fine, quel pover'uomo di Torella, non potendone piú, si chinava, s'afferrava con ambo le mani a un gradino della scalinata e si metteva a sparar calci, come un mulo, contro il cavalier Ridotti.

Questi sghignazzava e, scansando abilmente quei calci, cercava di cacciare la punta del suo crudele bastone nel deretano esposto del povero Torella, là, proprio nel mezzo, e alla fine ci riusciva.

A tal vista, il signor Anselmo, svegliandosi, col riso rassegato d'improvviso su le labbra, sentí cascarsi l'anima e il fiato. Oh Dio, per questo dunque rideva? per siffatte scempiaggini?

Contrasse la bocca, in una smorfia di profondo disgusto, e rimase a guardare innanzi a sé.

Per questo rideva! Questa era tutta la felicità, che aveva creduto di godere nei sogni! Oh Dio... Oh Dio...

Se non che, lo spirito filosofico, che già da parecchi anni gli discorreva dentro, anche questa volta gli venne in soccorso, e gli dimostrò che, via, era ben naturale che ridesse di stupidaggini. Di che voleva ridere? Nelle sue condizioni, bisognava pure che diventasse stupido, per ridere.

Come avrebbe potuto ridere altrimenti?

UN PO' DI VINO

Ero entrato in quella *Bottiglieria*, io che non bevo vino, per far compagnia a un amico forestiere, che pare non possa andare a letto senza il viatico, ogni sera, d'un buon bicchierotto.

Due sale comunicanti per un'arcata in mezzo: una piú bassa; l'altra, tre gradini piú sú; lugubri tutt'e due, con le pareti a metà coperte da uno zoccolo di legno. La prima, con l'impalchettatura dei liquori, stinta, unta, impolverata, e un vecchio banco di mescita davanti; l'altra, dove c'eravamo messi a sedere, col solo giro di tavolini tozzi verniciati di giallo e quattro lampadine che pendevano dal soffitto, filo e padellina.

Di prima sera, non c'era quasi nessuno. Due, che avevano già asciugato la prima bottiglia, sedevano in silenzio, cupi, col mento sul petto, in un angolo. A un tratto, uno d'essi spalancò la bocca ed emise un suono lungo, a piú riprese, che non finiva piú. L'altro si voltò a ragguardarlo:

— E tu ragli, caro mio, cosí!

Poi si voltò a noi e aggiunse:

— Ma guarda s'è il modo di sbadigliare!

Questo segno sguajato di noja bestiale fece da susta al disgusto che provavo dacché avevo messo piede in quel luogo; m'alzai e gridai al mio amico:

— Sbrígati, per piacere!

Ma il mio amico, posando il bicchiere ancora a metà pieno di quel suo nero aleatico denso come un rosolio, socchiuse gli occhi e ingollò il sorso che aveva tratto con voluttà cosí bambinescamente palese, che subito la stizza che me ne venne si ruppe in una risata. Tornai a sedere, umiliato dalla coscienza che stavo lí a far da mezzano a quella sua voluttà.

Intanto altri avventori erano venuti. Alcuni, nell'altra sala, giocavano a carte. Venne anche un vecchio cieco, con un occhio che gli sbatteva bianco e quasi ridente da una parte, la chitarra al collo, guidato da una ragazzina magra, con una frangetta di capelli stopposi sulla fronte, pietosissima; ma tutt'a un tratto si mise a cantare, distratta, con una voce quasi non sua e cosí spietata, che sollevò le proteste generali e fu fatta andar via.

Al tavolino accanto al nostro s'appressò a un certo punto una strana coppia: un vecchio signore dall'aria molto nobile, impettorito, quasi incadaverito vivo, condotto per mano da un giovane cameriere dalla grossa testa capelluta, come posata senza collo sulle spalle, e una faccia da malato, gonfia, con gli occhi bolsi ma dolci tra i peli, occhi che avevano la dolente opacità del turchese. Pieno di riguardosa attenzione per il vecchio signore che si reggeva a stento sulle gambe, senza lasciargli la mano si introdusse tra un tavolino e l'altro, scostò la seggiola e pian piano ve lo posò a sedere come un fantoccio; poi si recò nell'altra sala e ritornò poco dopo con un quartuccio di vinetto biondo che gli pose davanti sul tavolino, e un bicchiere; e se ne andò.

Il vecchio rimase lí immobile, con le mani sulle gambe giunte. Aveva una bellissima testa, ma sciupata, da colonnello a riposo; di qua e di là, di traverso, come scritti calligraficamente, due esemplari occhi di pesce; e tutte segnate le guance d'una fitta trama di venuzze violette. Vestiva bene, di pulita semplicità. Ma che brutto segno e che tristezza quando, o dal taglio o dal colore o dalla qualità della stoffa, si capisce che un abito è di tre o quattr'anni fa, e lo si vede rimasto nuovo nuovo, senza una grinza né una macchiolina, addosso a un vecchio! Guardandolo, si aveva la certezza che egli sarebbe morto con quell'abito di quattr'anni rimasto nuovo, e che forse vi si sentiva già morto dentro.

Una mosca me ne diede la prova. Aveva cominciato a molestarlo ostinatamente, appena lasciato lí sulla seggiola. Ma egli non accennava nemmeno d'alzare una mano per cacciarla. Lí per lí mi nacque il dubbio che non potesse, e da questo dubbio, una smania irrefrenabile, nel veder quella mosca attaccarglisi vorace a certe bollicine di calore che aveva sulla fronte. Ero sul punto di cacciargliela io, quand'egli volse pian piano verso di me la sola testa e con un fine e malinconico sorriso mi disse:

— Certe mosche hanno questa natura, che un tale è appena morto, che non si sa che messaggeri hanno: lo sanno subito. E subito, come lo sanno, vengono ad appiccarsi e a bearsi del sudorino della morte.

Detto questo, rigirò la testa per rimettersi immobile come prima sulla seggiola.

Ora certo non s'è mai dato il caso che un cadavere, steso duro sul letto tra quattro ceri, abbia alzato la mano per cacciarsi una mosca dalla fronte o dal naso. Ma quel vecchio signore, perdio, quantunque all'aspetto incadaverito, stava seduto in una bottiglieria, aveva mosso la testa, mi aveva parlato. Solo le mani pareva non potesse muovere. E il quartuccio di vino gli restava davanti intatto, lí sul tavolino, col bicchiere vuoto accanto. Cercai con gli occhi nell'altra sala il cameriere, che forse aveva attaccato discorso con qualcuno e s'era dimenticato di venire a servire il padrone; non mi riuscí di scorgerlo; e allora, non reggendo piú alla vista dell'immobilità di quel povero vecchio, allungai la mano alla bottiglia per versargli io il vino nel bicchiere e ajutarlo a bere. Ma con stupore gli vidi alzar subito una mano dalle gambe per trattenere la mia. Sorrise, inchinando appena il capo; rimise a posto la mano e mi disse:

— Grazie, non s'incomodi: non bevo.

Lo guardai, sorpreso; guardai la bottiglia, come per domandargli perché allora il cameriere gliel'avesse messa lí davanti; il vecchio signore mi lesse negli occhi la domanda e mi rispose:

— Per finta. Non è vino.

— Non è vino? E che cos'è?

— Niente. Acquetta. Il vino, io, per forte che sia lo bevo, poco, ma pretto. Provi a versarmene un dito di quello del suo amico, e vedrà che cosa avviene.

Incuriosito, presi la bottiglia d'aleatico del mio amico, e stavo per versarne un poco nel bicchiere del vecchio signore, che subito dall'altra sala si precipitò il cameriere, il quale evidentemente stava in agguato, a coprir con la mano il bicchiere e a gemere con esasperazione:

— Signor Marchese!

E poi, rivolto a noi:

— Signori miei, per carità! Chi poi ci va di mezzo sono io!

E se n'andò, portandosi via il bicchiere.

Il vecchio signore tornò a sorridere di quel suo fine e malinconico sorriso, tentennando lievemente il capo; poi socchiuse gli occhi e trasse un lungo sospiro.

— Povero Costantino!

Mi parve che non fosse piú il caso di prender la cosa sul serio, e gli domandai:

— Le proibisce di bere, eh?

Mi rispose:

— Non lui; me lo proibisce mio figlio; e non perché gl'importi della mia salute, ma perché io non offenda il decoro del casato con quel po' d'allegria che mi verrebbe subito da un dito di vin pretto. Costantino berrebbe anche lui volentieri. Non può, pena la morte. Malatissimo.

Malatissimo e carico di famiglia, poverino. Mi astengo dal bere per compassione di lui. Sarebbe cacciato via su due piedi, se mi riportasse a casa, non dico brillo, ma appena appena vivace. Oh, creda, non piú che vivace; perché io seguirei sempre, a ogni modo, la buona regola: portarsi, bevendo, né un punto piú sú, né un punto piú giú; ma al punto giusto. Un punto piú sú, il brio trasmoda; un punto piú giú, il brio non s'accende. E se il brio non s'accende, vapora la tristezza. Le porto un paragone. Le torce, caro signore, accese di giorno, in un mortorio. La fiamma, al sole, non si vede. E che si vede invece? Il loro fumighío. Mi spiego?

Fece con un dito in aria il segno di quel fumighío, e si tacque.

Veramente il paragone, ora che ci ripenso, non aveva quella chiarezza di rapporti che la rettorica stima necessaria perché un paragone riesca efficace; ma in quel punto, detto da lui, con un garbo cosí meticolosamente forbito, esile voce e funebre compostezza, non solo efficacissimo, mi parve il piú calzante e proprio ch'egli potesse portare. Tornai a interessarmi di lui, con nuova e piú viva curiosità e gli domandai perché, non potendo bere, si faceva condurre dal cameriere in una bottiglieria.

— Eh, perché! — sospirò. — Perché io possa vedere qua la mia tristezza (che è tanta!) come una povera mendicante davanti a una porta, che se le fosse appena appena schiusa, la farebbe subito diventare, da cosí nera com'è, una fragola di giardino. Lei è giovane: ama, spera, desidera; vede il mondo come il suo amore, come la sua speranza e il suo desiderio. Ma se per disgrazia se ne votasse, il mondo le diventerebbe subito un altro. E sarebbe perciò allora piú vero di come è adesso che lei ama, spera, desidera? Tutti vini immateriali, codesti. Io vecchio, per vedere ancora sopportabile il mondo, mi mettevo dentro un poco, poco poco, di vino materiale. Mio figlio non vuole piú, per il decoro del casato. E poi c'è questo povero Costantino... Ecco, mi consolo, dandomi qua una prova che questa mia tanta tristezza, sí, ora è vera, ma basterebbe che bevessi un dito di vino, perché non fosse piú. Lei potrebbe obbiettarmi che non sarebbe vera allora neppure la mia allegria, la quale dipenderebbe dal dito di vino che avrei bevuto. E io non le dico di no. Ma torniamo daccapo; che cosa è vero, caro signore? Che cosa non dipende da ciò che ci mettiamo dentro per crearci ora questa e ora quella verità? Ecco, stia a sentire...

Si levava dalle due sale della bottiglieria, che m'era sembrata in principio cosí lugubre, un allegro frastuono. Guardai in giro, e tutti i visi mi parevano cangiati, alcuni schiariti, altri accesi. Quattro signori a un tavolino, ritti sui busti e protesi l'uno verso l'altro, con le teste accoste accoste, intonavano con gran delizia non so che musica, cantando col naso; altri ciarlavano forte, altri ridevano. E allora, tornando a guardare il vecchio signore, che s'era ricomposto in quell'orribile immobilità di pulito cadavere seduto, e ripensando a quanto or ora aveva finito di dirmi, mi sentii preso da una profonda pietà. Aveva di nuovo la mosca su quelle bollicine di calore. Mi chinai verso di lui e gli dissi piano:

— Ma scusi, non si potrebbe almeno cacciare codesta mosca dalla fronte?

LA LIBERAZIONE DEL RE

Co co co,... pío pío pío,... co co co...

La Mangiamariti, al solito, appena finito di dirne qualcuna delle sue, si metteva a chiamare cosí le galline.

Tutt'e dieci, queste, calzate di giallo, accorrevano crocchiando al richiamo. Ma ella non badava alle galline; aspettava il vecchio gallo nero, piccolo e spennacchiato, che accorreva per ultimo. Seduta sull'uscio, gli tendeva le braccia gridando:

— Caro! Amore di mamma! Vieni, caro, vieni!

E come il gallo le saltava in grembo fremendo e starnazzando, prendeva a lisciarlo, a baciarlo su la cresta, o gli afferrava con due dita e gli scoteva amorosamente i languidi bargigli, ripetendo tra i baci e le carezze:

— Bello mio! Bello di mamma! Sangue del mio cuore! Amore mio!

Certe scene che, se non fosse stato un gallo, chi sa che cosa si sarebbe potuto sospettare. Vecchio, brutto, con la cresta squarciata e penzolante da un lato, non valeva un bajocco. Eppure, bisognava vedere. Guaj a toccarglielo!

Tanto quel gallo però, quanto le dieci galline, che pur le facevano puntuali dieci uova al giorno, sarebbero morti certamente di fame; se per quel lercio vicolo scosceso non fossero passate tante asine e tante mule. Perché ella voleva sí le uova da quelle galline, e non dar loro da mangiare.

La vita è una catena. Quel che gli uni buttano via digerito, serve agli altri, che son digiuni. E quelle gallinelle correvano ingorde e rissose dietro a quelle asine e a quelle mule, prodighe del superfluo. Santa economia della natura!

— Che sapore, donna Tuzza Michis, ditelo voi, che sapore avevano jeri le vostre uova?

Ah, un miele! Perché donna Tuzza Michis, la signora di quel vicolo, non comperava le uova della Mangiamariti. Quelle uova? Ai cani! E neppure i cani le volevano.

Con un fazzoletto di cotone fiammante annodato attorno al capo alla carrettiera, quasi per dare maggior risalto alla pelle della faccia che aveva il colore e la durezza liscia della carruba secca, donna Tuzza Michis oggi s'affacciava sul pianerottolo della scalettina a collo, reggendo con le mani insaccate in un pajo di sudici guantacci da maschio il manico della padella ove friggevano ancora, rossodorate, le piú belle triglie di scoglio; domani si sedeva lí alta su l'uscio a spennacchiare un pollastro pian pianino, con dispettosa delicatezza; e, tra le penne e le piume che il vento si portava via, come il giorno avanti tra il fumo e il friggío della padella, diceva forte, con lamentosa cantilena:

— Senza peccato, penitenza: sia fatta la volontà di Dio: senza peccato, penitenza!

Poi, ritirandosi per seguitare ad attendere a' suoi squisiti manicaretti, che riempivano di deliziosi odori tutte le catapecchie del vicolo gialle di fame, si metteva a cantare a squarciagola:

Bella sorte fu la mia
star rinchiusa alla badia...

Tutto questo, per far crepare di rabbia e d'invidia quelle lingue di vipere del vicinato che, pur affogate nella piú lurida miseria e prese a cinghiate mattina e sera e lasciate digiune dai mariti, avevano il coraggio di sparlare di lei, di deriderla, perché non aveva potuto trovar marito a causa della bruttezza.

E quando, o la mattina per tempo o alla calata del sole, si sentiva il grido di don Filomeno Lo Cicero che passava ballando e cantando con la bacchettina in mano:

Chi ha capelli, che ve li cangio;
quello che busco, me lo mangio;
me lo mangio con mia moglie;
canchero a voi, canchero e doglie.

— Don Filome', — gli diceva, affacciandosi all'uscio coi capelli sciolti su le spalle, e il pettine in mano, — venite, venite a tagliare questi miei, che mi faccio monacella! Ma per cent'onze ve li vendo, don Filome'! Né un grano piú, né un grano meno.

— Cent'onze, già! Perché devono servire a far la treccia finta alla regina di Spagna, che è pelata, quei capelli là! — commentava la Mangiamariti; e subito dopo:

— *Co co co... pío pío pío... co co co...*

Ma chiamava le galline per rabbia, questa volta. Che lei sí davvero s'era fatta *monacella della miseria*; s'era cioè tagliati i capelli per venderli a don Filomeno; per tre tarí, capelli e tutto: vivi, scovati e non scovati.

E anche le penne di quel gallo, che ora teneva in braccio, no?

— Questo? — scattava allora la Mangiamariti, balzando in piedi e brandendo alto il gallo. — Una penna di questo, per vostra regola, vale piú di tutto il vostro crine di capecchio pieno di zeccole, femmina del diavolo che non siete altro!

Ebbene la Michis, quell'anno, per rodimento della Mangiamariti, volle comperare un magnifico gallo, un gallo meraviglioso, a cui però avrebbe tirato il collo nella vicina festa di Natale, ché non voleva bestie per casa, lei, neanche il gatto. Dopo averlo mostrato di porta in porta per tutto il vicolo, lo mise a ingrassare in un angusto cortiletto, ch'ella chiamava giardino, dietro la casa; e siccome doveva tenerlo lí parecchie settimane, pensò bene di dargli un nome e lo chiamò Cocò.

— Bravo, canta, Cocò! — gli diceva forte, quando esso cantava, quasi avesse cantato per far rabbia alle vicine. E: — Mangia, Cocò! — quando gli recava da mangiare; — Bevi, Cocò! — quando da bere; e poi d'ora in ora: — Qua, Cocò, vieni qua! bello, Cocò!

Ma il gallo, sordo. Mangiava, beveva, cantava, quando doveva; poi, non che accorrere al richiamo, neppur si voltava. Sdegnava quella padrona nera come un tizzo, dagli occhi ovati e dalla bocca che pareva la buchetta d'un banco di taverna; sdegnava quel nomignolo confidenziale; sdegnava quel sozzo umido cortiletto, ove colei lo aveva relegato; e scoteva la cresta sanguigna, sprazzando luce da tutte le penne dai colori cangianti, e guardava di traverso, come per compassione; o squassava la giubba verde dai riflessi d'oro; incedeva maestoso, una zampa dopo l'altra; e, prima di voltarsi, tornava a guardar di traverso quasi a impedire che le magnifiche penne della coda toccassero gli sterpi di quel cosí detto giardino.

Si sentiva re, e si sentiva in prigione. Ma non voleva avvilirsi. Voleva stare in prigione da re. E lo gridava, all'alba; lo gridava a tutte le altre ore designate; e, dopo aver gridato, piú che in ascolto, pareva stesse all'aspetto, che all'alba il sole e nelle altre ore tutti i galli, che da lontano gli rispondevano, dovessero venire in suo ajuto, a liberarlo.

Non gli passava per il capo che a un gallo adatto come lui potesse toccar la sorte d'un misero pollastrello qualunque; che quella brutta padrona lo avesse comperato per tirargli il collo di lí a poco.

Prima d'essere rinchiuso in quel cortiletto aveva avuto nel piano di Ravanusa dodici galline in suo potere, una piú bella dell'altra, tutte segnate nei merluzzi della cresta dai fieri pinzi del suo becco imperioso; care gallinelle docili, eppur ferocemente gelose e orgogliose di lui, perché nessuno dei tanti galli, che regnavano in quel piano e nei dintorni, aveva la sua maestà e la sua voce.

A una a una, poi, s'era vedute portar via quelle sue spose massaje e sottomesse, e alla fine, un brutto giorno, era rimasto vedovo e solo, e poi ghermito di furto anche lui e consegnato per le zampe a costei, che ora lo teneva lí, oh ben pasciuto senza dubbio, ma perché? che vita era quella? che stato?

Aspettava di giorno in giorno, che, o quelle care antiche gallinelle rapite al suo amore e alla sua custodia fossero portate lí a fargli scordar la prigionia, o questa in qualche altro modo avesse fine.

Era egli gallo da star senza galline?

E cantava, e cantava. Gridi di protesta, di indignazione, di rabbia, di vendetta.

Finché, una mattina, all'angolo del cortiletto… — ma come? che era? Sí, un verso a lui ben noto… *co-co-co*… ma come lí? da sottoterra?… *co-co-co*… e qualche timido, rapido colpettino di becco, e un razzolío sommesso.

S'accostò incerto, guardingo; allungò il collo; spiò attorno; stette in ascolto; riudí piú distinti i rumori e quel verso, che da tanti giorni piú non udiva e già gli aveva messo in subbuglio il cuore; e alla fine alzò una zampa e rimosse un po' il mattone, che faceva da turo lí a una buca per lo scarico delle acque piovane. Rimosso il mattone, stette un pezzo a guardare a scatti, convulso, di qua e di là, quasi pronto a dire, se qualcuno se ne fosse accorto, che non era stato lui. Poi, raffidato, si chinò, e dentro quella buca intravide una graziosa pollastrotta picchiettata bianca e nera, la quale, attraverso la fessura, sporse prima il beccuccio, poi tutto il capino dagli occhietti tondi e dai nascenti rosei pendagli, come se, con una grazia tra timida e birichina, gli domandasse:

— Si può?

A quell'apparizione, egli restò, dapprima; poi arruffò le penne quasi corso da un brivido di gioja; protese il collo; allargò le ali; starnazzò, e lanciò alla fine un vigoroso chicchirichí.

Aveva da tempo chiamato, ed ecco già qualcuno cominciava a rispondergli.

La pollastrotta, al grido, rigettò con una zampettina risoluta il mattone, e, quasi strisciando riverenze, si fece avanti. Egli allora, tutto tronfio e impettito, le si mostrò di fronte e poi da un lato e poi dall'altro e di dietro, come per farsi ammirare da ogni parte; levò infine una zampa in atto d'impero e si tenne ritto sull'altra un pezzo; poi, scrollandosi tutto, le mosse con impeto incontro.

Chiotta chiotta, ranca ranca, quasi spaventata, ma con un gorgoglío nella gola, che pareva una risatina mal frenata, la pollastrotta prese a fuggire, non già per schermirsi, anzi per il gusto di vedersi inseguita, e quando, raggiunta, si sentí pinzare il collo e poi sul dorso imporre le due zampe poderose, cosí presa e chinata, si gonfiò tutta; ma il fremito di gioja volle nascondere in un lamentío timido, esile, che a mano a mano divenne piú spiccato, rabbiosetto, come se in cambio chiedesse, anzi no, esigesse chicchi, chicchi, chicchi da beccare.

Chicchi... lei sola? No. Uh, quante! E donde erano entrate? Tutte da quella buca... Sette, otto, nove, dieci galline, una folla in quel cortiletto, una folla stupita della bellezza e della maestà di quel gallo prigioniero, di cui per tanti giorni avevano ammirato, razzolando per il vicolo, il maschio canto sonoro.

La pollastrotta scappò di sotto le zampe del re, strillando non so che miracoli e spaventi, e allora la stupefazione fino a quel punto immobile delle altre galline diventò rimescolío di commossa ammirazione, e furono inchini e ossequii e riverenze e un coro confuso di complimenti e di congratulazioni, che egli accolse con altera dignità, come dovuto omaggio, col collo eretto e squassando la cresta merlata e i bargiglioni.

Ma in quel punto si levò dal vicolo il canto rauco, stento, strozzato dall'ira del piccolo vecchio gallo nero spennacchiato della Mangiamariti, a cui quella pollastrotta prima e poi quelle altre galline erano sfuggite di furto per la buca del cortiletto.

A questo grido di rabbia e di minaccia tacquero quasi smarrite, sgomente, le fuggitive; ma subito a rassicurarle, il giovine re si avanzò verso la buca, vi s'impostò fieramente davanti, levò la zampa e rispose con un grido di sfida.

Le galline, in attesa di chi sa quale terribile avvenimento, s'erano ritratte, ristrette all'altro angolo del cortiletto e, pigolando sommessamente, si confidavano la paura e forse il pentimento per la curiosità che le aveva attirate là dentro.

Fu un momento d'angosciosa aspettazione.

Davanti alla buca il gallo lanciò con maggior fierezza una nuova sfida, e attese. Nessuno rispose dal vicolo; ma alte grida rissose si levarono invece nella soprastante cucina della casa, che turbarono e sconcertarono alquanto il giovine re e misero lo scompiglio tra le galline. Corri di qua, scappa di là, nello spavento non trovavano più la buca per sguizzare e battersela; alla fine, una la imbroccò, e via le altre dietro. Quando la Mangiamariti e donna Tuzza Michis, vociando sempre piú forte, scesero giú nel cortiletto, erano scappate tutte, tranne una: la pollastrotta picchiettata bianca e nera.

— Dove sono? dove sono? — gridò la Michis con le mani rovesciate sui fianchi.

— Eccole là! — gridò l'altra, precipitandosi addosso alla pollastrotta.

— Uh quante! Una per miracolo! E di dove è entrata?

— Ah, non lo sapete? Ma guarda, che innocentina! Qua, qua, mozzica il ditino! E questo? questo che cos'è?

— Ah, il mattone? E chi l'ha levato?

— Io, l'ho levato io! io! Per farvi mangiare il becchime dalle mie galline! Non voi per rubarmi le uova...

— Io, le vostre uova? Ma le schifo, io, le vostre uova, lo sapete! Le schifo!

— Ah, le schifate? Veleno debbono farvi nello stomaco, veleno, tutte quelle che mi avete rubate. Qua, qua! questo mattone deve stare qua! cosí deve stare! qua! Se no, vi turo di fuori la buca, e vi faccio veder io come si fa!

Era una pena per il gallo, che stava spaventato ad assistere alla scena, veder quella pollastrotta a capo in giú nel pugno della padrona furente. Ah certo non sarebbe piú ritornata, povera cara piccina, dopo una tal lezione! Né essa né le altre certo si sarebbero piú arrischiate a introdursi per quella buca. Se avesse potuto lui, invece, scappar via di lí e andarle a trovare!

Si propose di provarcisi; e, quando fu la sera, cheto e chinato, s'accostò all'angolo ove era il mattone e, guardando cauto e timoroso la finestra, tirò all'indietro una prima zampata per rimuoverlo. Ma quella terribile vicina aveva zaffato ben bene la buca, affondando il mattone nella terra umida; e premendovi con le dita all'orlo il terriccio. Bisognava prima liberar di questo il mattone. A furia di razzolare vi riuscí, e alla fine il mattone fu rimosso. E ora?

Si chinò a spiare attraverso la buca. Dal vicolo scosceso veniva a mala pena il barlume del lampione. Ma a un tratto come un'ombra densa venne a otturar quel barlume e in cambio nel nero della buca fulsero due tondi occhi verdi immobili. Il gallo a tal vista si ritrasse impaurito, ma si trovò addosso una nera furia unghiuta; gridò; per fortuna, la padrona, che pareva stesse di guardia, non tardò a spalancar con fracasso la finestra della cucina, e allora quella furia scappò via arrampicandosi al muro del cortiletto.

Nessuno poté levar dal capo alla Michis, quando poco dopo scese col lume, che la Mangiamariti avesse lei col manico della scopa abbattuto il mattone, e poi introdotto nella buca quel gatto per fargli uccidere il gallo. Fu lí lí per levar le grida e svegliare tutto il vicinato perché corresse a vedere e a toccar con mano il tradimento e l'infamità di quella megera; ma poi pensò che alcuni mesi addietro ella aveva negato a colei, allora incinta, il bocconcino d'assaggio d'una pietanza saporita, di cui al solito s'era diffuso l'odore per tutto il vicolo, e che colei, a detta di tutti, per quella voglia insoddisfatta, aveva abortito e per poco non era morta. Meglio, dunque, abbozzare e far le viste di non essersi accorta di nulla. Si chinò, rizzaffò la buca per quella sera; ma, ormai convinta che il gallo lí non era piú sicuro, e che colei per bizza in qualche modo glielo avrebbe fatto morire, decise di tirargli il collo la mattina seguente. Lo prese, lo tastò (al gallo parve una carezza); poi, tanto per porre un altro riparo, lo buttò nell'anditino bujo, per cui si scendeva al cortiletto, e chiuse la porticina, che si reggeva appena sui gangheri, cosí imporrita che, a grattarla un po', cascava in polvere.

Nella nuova carcere il gallo si vide perduto. A poco a poco la frigida tenebra intanfata di muffa cominciò ad allargarsi appena appena in un punto, come per un'aria d'alba lontana. E allora esso s'appressò a quel punto, che vaneggiava nel lume, e sporse il capo. S'accorse di sporgerlo fuori della porticina.

C'era dunque una buca in quella porticina: la buca del gatto. Una là, nel cortiletto, un'altra qua. Bisognava ora superarne due.

E si mise a dar di becco a questa, per allargarla. Lavorò tutta la notte fino all'alba.

All'alba, avvilito, disperato, quantunque il lavoro della notte non fosse stato al tutto invano, gridò ajuto con tutte le forze che gli restavano.

Era forse balenata nel sonno alle gallinelle del vicolo, già tutte innamorate del giovine re prigioniero, la sentenza di morte proferita dalla Michis? il fatto è che, com'esse intesero da piú lontano il suo grido, a una a una sgusciarono dall'uscio della catapecchia della Mangiamariti lasciato socchiuso dal padrone nel partirsene per la campagna, e con in testa la pollastrotta picchiettata bianca e nera, abbattuto di furia il mattone, s'introdussero nel cortiletto. Dov'era il gallo? Oh Dio, eccolo là! tentava di scappare da quell'altra buca della porticina, e non poteva. Tutte in fretta gli corsero in ajuto. Ma sopravvenne, furibondo di gelosia, il piccolo vecchio gallo nero, spennacchiato, si cacciò in mezzo a loro e, cieco d'odio e di rabbia, saltando con le penne ingrossate, quasi andassero per l'aria certi moscerini di luce ch'egli volesse ghermire a volo, s'avventò attraverso la buca della porticina contro al rivale.

Nessuno assistette al feroce duello, là nell'andito bujo. Nessuna delle galline, neanche l'ardita pollastrotta s'arrischiò a entrare, tutte anzi presero a schiamazzare come indiavolate. Si svegliò la Michis, si svegliò la Mangiamariti, si svegliò tutto il vicinato. Ma, quando accorsero, il duello era già finito: il piccolo vecchio gallo nero giaceva a terra morto, con un occhio strappato e la testa sanguinante.

La Mangiamariti lo raccolse e cominciò a piangerlo come un figliuolo, mentre la Michis innanzi a tutte le vicine protestava che lei non c'entrava per nulla, che anzi, la sera avanti, per levare ogni questione, aveva rinchiuso il gallo in quell'anditino; tanto vero che la porticina ne era ancora serrata. La lite tra le due donne s'accese piú feroce del duello tra i due galli. Ora la Mangiamariti, in cambio del gallo ucciso, reclamava il gallo della Michis.

— E che me ne faccio? — gridava questa.

— Ve lo mangiate! — rimbeccava la Mangiamariti. — Non avevate forse comperato l'altro per mangiarvelo? Mangiatevi questo e vi faccia veleno!

Assalita, sopraffatta dalle vicine, donna Tuzza Michis alla fine dovette cedere.

E cosí, tra il plauso giocondo delle comari del vicinato, sorgendo il sole, con la scorta delle gallinelle liberatrici, tutte festanti, in testa la pollastrotta bianca e nera, il giovine re liberato uscí dalla casa della Michis in trionfo.

I DUE COMPARI

Motivo di maraviglia, e anche d'invidia in tutte le contrade attorno, era il caso di Giglione e Butticè, socii da undici anni nell'affitto della vecchia masseria della Gasena. Non era mai avvenuto che padre e figlio, o due fratelli, durassero a lungo socii nell'affitto d'una terra: figurarsi poi due estranei! Eppure, tra quei due, in undici anni di società, non era mai sorto il minimo contrasto, né d'interessi né d'altro.

Le loro famiglie erano cresciute accanto, nel cortile della masseria, in due ampie stanze a terreno dove, al tempo degli antichi massari, si rammontavano i raccolti abbondanti della terra.

Quelle due stanze non avevano finestre sulla facciata e prendevano luce soltanto dalla porta sul cortile, ch'era vasto e acciottolato, con la cisterna in mezzo, e cinto tutt'intorno da un muro alto, armato da un'irta e fitta cresta di pezzi di vetro, sfavillanti al sole. La bianchezza accecante della calce faceva sembrar quasi nero l'azzurro intenso e ardente del rettangolo di cielo su quel cortile. Vi si respirava ancora, con le tante galline che lo popolavano, e i polli d'india, i capponi, i porcellini, l'aria dell'antica e ricca masseria, quantunque giú in fondo fosse vuoto da tempo il chiuso delle pecore, e sotto la tettoja, dopo il forno, invece delle vacche ci fossero soltanto due mule e un asinello.

Vaporavano tutt'intorno dalle terre assolate vecchi odori, di tante cose sparse e seccate da anni all'aperto, e qua si mescolavano coi tepori grassi del letame, col tanfo secco delle granaglie, con quello acre della paglia bruciata e bagnata del forno. Com'ebbre, in quell'onda stagnante di odori misti, ronzavano senza fine le mosche; e da lontane aje, nel silenzio dei piani, giungeva il canto di qualche gallo, a cui rispondevano, prima l'uno e poi l'altro, o talvolta insieme, con due diverse voci, i galli del cortile. E quel ronzío e questo canto dei galli e il frusciare degli alberi non rompevano, anzi rendevano piú attonito lo stupore della natura, non turbato mai da vicende che non fossero le solite, lentissime e sicure, su le quali gli uomini, le opere e i buoi regolavano la loro andatura.

Costantemente, per undici annate, la terra aveva risposto alle dure fatiche dei due socii. E anche le mogli pareva avessero gareggiato di fecondità con la terra. Desiderio degli uomini era aver figliuoli, e averli maschi, per i lavori della campagna. E cinque ne aveva dati l'una e cinque l'altra, ajutandosi tra loro ogni volta, nei parti, amorosamente, senza dare né un pensiero né un fastidio ai mariti che non avevano tempo da perdere in queste cose. Ritornando a mezzogiorno per il desinare, o la sera per la cena, avevano trovato un figlio di piú:

— Maschio?

E avevano approvato col capo, senz'altre parole.

Giglione non parlava quasi mai. Sempre, quando bisognava, trattando col padrone della terra o coi mercanti di città, lasciava parlare il compagno. Placido e duro, col faccione tondo cotto dal sole e tutto raso, egli si stirava il lobo dell'orecchia manca e stava a sentire e a pensar le risposte di quelli: poi, se occorreva, diceva la sua: due parole e non di piú.

Butticè, ricciuto e vivace, col perpetuo riso lucente degli occhi azzurri, mobili e maliziosi, e paroline dolci e ammiccamenti, s'adoperava ad attenuare la durezza del socio; ma il padrone o il mercante guardavano gli occhi impassibili del taciturno irremovibile, e delle maniere graziose di Butticè non solo non sapevano che farsene, ma anzi quasi s'infastidivano.

Giglione era l'albero ben radicato; Butticè, l'uccello che gli svolazzava tra i rami cantando. Non s'era ancor potuto capire, se dello svolazzío e del canto di quell'uccello l'albero fosse, o no, contento. Se qualcuno gli domandava:

— Ma, insomma, voi che ne dite?

Giglione alzava una mano e col pollice sotto il lobo e l'indice alzato sul padiglione, mostrava l'orecchia, per significare che a lui toccava sentire e che il parlare era affare del compagno.

Il segreto di quel loro accordo era nell'impegno che ciascuno dei due aveva sempre messo di non farsi mai sorpassare dall'altro in nulla.

Nati e cresciuti insieme nelle lontane alture dei Gallotti sopra Montaperto, erano stati rivali accaniti fino al giorno che i padri, per impedire che anch'essi come quasi tutti i giovani della borgata prendessero la via dell'America, li avevano accasati appena di ritorno dal servizio militare. Riavvicinati dalle mogli, tra loro cugine, per non danneggiarsi a vicenda ora che avevan famiglia, s'erano appajati, cangiando in emulazione l'antica rivalità. Pronti sempre a qualunque fatica, ciascuno dei due cercava d'esonerare il compagno delle piú gravose; e compenso era a entrambi la soddisfazione di sentirsi pari in tutto e l'uno degno dell'altro.

Ora, per la sesta volta era incinta la moglie di Butticè. Si aspettava il parto di giorno in giorno. Giglione, due mesi avanti, aveva avuto una femmina; e la sera, nel cortile, mentre le due donne al lume della lucerna a olio raccoglievano le rozze scodelle di terracotta, ove i figliuoli avevano mangiato la minestra, lanciava di sfuggita qualche obliquo sguardo di diffidenza ai fianchi poderosi della moglie del socio, che avrebbe potuto sbilanciar le sorti finora eguali.

Finalmente una mattina prima che rompesse l'alba, l'incinta fu colta dalle doglie. Butticè corse a picchiare alla porta accanto, la comare fu pronta in un momento; e i due uomini sotto il cielo ancora stellato, con le zappe in collo, s'avviarono per la costa.

Non passò un'ora che a Giglione parve di sentire la voce del maggiore dei figliuoli, che chiamava dal portone del cortile. Butticè, che lavorava poco discosto, domandò:

— Non ti pare che abbiano chiamato?

— Cosí pare, — rispose Giglione: e, ponendosi le mani attorno alla bocca, diede la voce:

— Aoòh!

Butticè lascio la zappa e si lanciò di corsa su per l'erta. Giglione gli tenne dietro, correndo anche lui, a fatica.

Trovarono sú nel cortile una gran confusione: dietro la porta socchiusa della stanza di Butticè s'affollavano i ragazzi, reggendo a stento e strascicando per terra bracciate di ruvida biancheria, lenzuola, tovaglie, sottane, camice, che la moglie di Giglione, sporgendo il capo scarmigliato e le mani tremanti e insanguinate, strappava loro di furia.

Il parto era avvenuto. Un maschio. Ma la puerpera perdeva sangue, perdeva sangue in spaventosa abbondanza, e non c'era verso d'arrestarlo. Bisognava correr subito al paese di Favara per un medico.

Butticè, alla vista della moglie in quello stato, restò; ma quasi piú stizzito che addolorato. Tanto che, come Giglione lo trasse fuori e lo alzò sú le braccia a dosso della mula e gli diede in mano la fune della cavezza, gridandogli:

— Scappa! — adirato da quella violenza, gli rispose col viso sbiancato e senza muoversi:

— E se non volessi scappare?

— Scappa, in nome di Dio! Dici sul serio?

E Giglione spinse a due mani per di dietro la mula e le allungò un calcio.

Tre ore dopo, Butticè ritornò col medico. Appena

entrato nel cortile, alla vista del socio e della comare e di tutti i ragazzi, lí muti e abbattuti ad aspettarlo, comprese ch'era finita. Lo aveva immaginato; aveva preveduto quella scena al suo arrivo. Provò una fiera irritazione; avvilimento e rabbia. Gli occhi ilari gli lucevano di follia.

— Come siete belli tutti! — disse; e scavalcò dalla mula e s'arrestò davanti la soglia della sua stanza.

Stesa lunga sul letto, come se non le fosse restato nelle vene neppure una goccia di sangue, sua moglie era lí, piú rigida e piú bianca del marmo.

La mirò un pezzo, quasi che, cosí lunga, cosí tesa, cosí bianca, non la riconoscesse piú: poi varcò la soglia, s'accostò alla morta, e le domandò in un tono quasi derisorio:

— Che hai fatto?

Giglione, entrato zitto zitto nella stanza con la moglie e col medico, alzò una mano e glie la posò su la spalla in atto di commiserazione. Ma Butticè si scrollò con un fremito animalesco, gridandogli:

— Non mi toccare! — E uscí nel cortile.

Allora i figliuoli gli si fecero attorno, piangendo. Egli si chinò a cingerli con le braccia, come un fascio da prendere e buttar via:

— Che ci fate piú qua, vojaltri, ancora vivi?

Giglione, su la soglia della stanza, disse:

— Ai tuoi figliuoli non ci pensare. Ora mia moglie farà conto di averne dodici, invece di sei; e darà latte al tuo piccolo, e avrà cura di te come di me.

Butticè, ancora curvo sui figliuoli, gli lanciò da sotto in su uno sguardo, che balenò come una lama di coltello. Gli parve che il socio lo volesse pestare con la sua generosità, appena caduto sotto quell'ingiustizia della sorte; e senza neppur guardare un'ultima volta la morta, quasi che anche lei, quella mattina, a tradimento, avesse voluto diminuirlo, avvilirlo, annichilirlo, scappò via, scostando i figli, scostando tutti, via giú per la campagna, e andò a rintanarsi sotto un carrubo, lontano, come una bestia ferita a morte.

Stette lí due giorni e due notti. Sul far della seconda notte, si sentí chiamare a lungo dal socio prima dall'alto, poi a mano a mano piú da presso, per i sentieri della campagna, tra gli alberi; sentí anche i passi di lui; altri passi, forse dei ragazzi; trattenne il fiato e, quando i passi e le voci s'allontanarono, godette di non essere stato scoperto. Levando però gli occhi intravide da uno sforo nel fogliame, ferma in cielo la luna e si sentí guardato da essa, avvertendo nella coscienza oscura come un rimescolío, tra di dispetto e di sgomento.

Pensò allora di risalire alla villa. Certo, il cadavere della moglie era stato, a quell'ora, portato via, il socio lo voleva sú, per fargli vedere che la moglie s'era attaccato al seno il piccino e come faceva da madre agli altri orfani. La carità. Poi, finito come ogni sera di mangiar la minestra, nel cortile, al lume della lucerna a olio:

— Buona notte, compare. Noi ce n'andiamo a letto.

E si sarebbe chiuso con la moglie e con tutta la sua famiglia intatta, là nella sua stanza; mentre lui sarebbe rimasto fuori, nel cortile, solo, scompagnato, coi suoi orfani. Ah, no, perdio! Questa soddisfazione non gliel'avrebbe data, all'antico rivale.

Risalí alla villa, la mattina all'alba. Ispido, con la faccia scavata, le occhiaje livide, gli occhi da pazzo, svegliò i figliuoli; ordinò ai piú grandi che lo ajutassero a raccogliere la roba e a caricarla su la mula.

Giglione, al rumore, uscí dalla stanza accanto; stette un pezzo a guardare, poi gli domandò:

— Che fai?

Butticè stava a legare per terra un grosso fagotto di panni; si rizzò su la vita, gli piantò gli occhi in faccia e rispose:

— Me ne vado,

— Dove te ne vai? Sei pazzo? — replicò quello.

Butticè non rispose; si ridiede a legare per terra il fagotto. E allora Giglione riprese:

— Ma perché? Tu hai la pena, lo so, e nessuno te la vuol levare. Ma quanto al resto... tu e i tuoi figliuoli, qua...

Butticè tornò a rizzarsi su la vita; si pose un dito su la bocca:

— Zitto. Me ne devo andare.

— Ma perché?

— Per niente. Me ne devo andare.

— Cosí su due piedi? Senza neanche fare i conti?

— Li faremo. Ora me ne devo andare.

Quando la roba fu caricata su la mula e su l'asino, che appartenevano a lui, disse al socio:

— Va' a prendermi la creatura.

Giglione giunse le mani:

— Ma sei impazzito davvero? L'ha al petto mia moglie. Vuoi che muoja?

— Muoja. Me ne devo andare.

Giglione andò di corsa a prendere il neonato e, con la faccia voltata, glielo porse.

— Tieni. Vattene! Non voglio piú vederti!

— Tu? — disse allora con un ghigno Butticè. — E figúrati io!

Cacciò avanti l'asino e la mula, e s'avviò coi cinque figliuoli dietro, e in braccio il piccino, a cui ancora dalla boccuccia paonazza pendeva una goccia di latte.